ギャルにも負ケズ
Don't wanna lose!

ううううっ……

ゆっきーってさ
女の子とふたりでいるの、
慣れてないよね？

CHARACTERS & SETTINGS

岩手県

本作の舞台。主人公である遠谷幸文が生まれ育った地であり、幸文が敬愛する宮沢賢治が生きた地である。幸文と美鐘は賢治の足跡を追い、岩手県内を巡ることになる。

渋沢《しぶさわ》美鐘《みかね》

とある事情で東京から転校してきた、都会派ギャル。ギャルなりの明るさとコミュニケーション能力で転校先でも人気者になるが、文芸部に入部した理由が気になるところ。

キャラクターと舞台設定

宮沢賢治

幸文が敬愛してやまない、岩手の文豪。『銀河鉄道の夜』『風の又三郎』『注文の多い料理店』など代表作多数。二人は賢治言うところの「ほんとうのさいわい」を探すことに。

ひとり文芸部

幸文以外部員がいない文芸部。その活動内容は、幸文が好きな本を好きな時に好きなだけ読む……というものであったが、新入部員・美鐘の入部により様変わりする。

遠谷幸文《とおやゆきふみ》

友達はいるものの、人付き合いや自分の気持ちを表すことが苦手で、ひとり本を読み、殻に閉じこもってしまいがち。美鐘との出会いによって、幸文の毎日は大きく変わる。

その他の登場人物

幸文のおませな妹・遠谷真央《とおやまお》
幸文と美鐘の同級生・田沼守貫《たぬまもりぬき》、音澄風太《おとすみふうた》
担任の先生・春芽久菜砂《はるめくなすな》ほか、
愉快で優しい仲間たちが二人を温〜く見守っている。

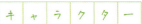

奇麗だね……わたし、
前にも同じものを見た気がする？

ねぇ、あれこそが
「ほんとうのさいわい」なんだと思わない？

……メガネ、かけてもいい？

ギャルにも負ケズ

早月やたか

ファンタジア文庫

3435

口絵・本文イラスト　magako

CONTENTS

プロローグ◆イーハトーブの風

ギャルにも負けず
友にも負けず
親にもあの妹にも負けぬ
大切な笑顔を守るため
迷わず
決して動じず
いつも静かに勉強している
そういうものに
僕はなりたい

しおりの裏に書き綴《つづ》った僕は、しおりとペンを本に挟み、仰向けに寝転んだ。
胸の上に本を置き、目だけを横に向けていくと、雄大な岩手山をうつすおだやかな湖面が見えてくる。

ここは、白鳥がくることで有名な高松の池だ。

僕は今、湖畔のベンチに寝転んでいる。

目線を空に向けたら、緑の葉をつけた桜の枝が、ざわざわと揺れていた。

今の僕の心と同じ。あのギャルに出会ってから、僕の心は、ずっとあんなふうにざわついている。

そろそろ家に着いたころかな？　荷物を下ろして休んでる？　それともお風呂《ふろ》に入ってる？　今、なにを見て、なにを考えてるんだろう？

すごく気になる。一度考えはじめると、そのことばっかり頭に浮かんでとまらない。さっき自分で「決して動じず」と書いたばっかりなのに、もう乱れてしまっている。

「はぁー」

切ない想《おも》いが、ため息になって口から出ていく。

ぽっかり浮かぶ白い雲に、気になる顔を重ねたとき――

「ゆっきー、みっけ！」

「ひぃっ」

いきなり本物が出てきてびっくりした。

うしろで手を組み、いたずらっぽい目で見下ろしているのは、同じクラスのギャル――渋沢《しぶさわ》美鐘《みかね》。

　腰まで届く長い髪は青みがかった黒色で、流れるようにカールしている。光をキラキラ反射しているところが、どことなく天の川のよう。

　目鼻立ちの整った顔の横では、緑色のピアスが輝いている。

　着ているのは、あか抜けた感じのやや露出の多い服。

　服装のわりにいやらしく見えないのは、その表情とひとつひとつの所作が、明るく生き生きしているからだ。

「や、やめてよ……。心臓がとまるかと思った」

　僕は苦いものでも食べたような顔で身を起こした。

「ごめんごめん。でも、そんなところに寝転んでなに考えてたの？」

「なにって――」

　君のことを考えてたとか、恥ずかしくて言えるわけない。

　口ごもっていたら、「当ててみよっかー」と言ってきた。

　自信満々っぽいのがちょっと怖いけど、ここで逃げたら負けた感じになる。まぁ、心の中は見えないから、万が一当たっても、なに食わぬ顔で違うって言えばいいだけだ。そう思って安心し、「じゃあどうぞ」と手を伸ばした。

美鐘は張り切った感じで腕を組み、「うーん……」と目線を上げる。

少し考えたのち、パチンッと指を鳴らした。

「わかった！　次は髪を何色にしようか考えてたんだ！」

え？　髪？

かすりもしないというか、予想の斜め上すぎて困惑してしまう。

「いや、僕、染めたことないよ。染める予定もないし、染めたいと思ったこともない」

「違った？　んー、じゃあ、そろそろ日サロに行きたいなぁー、とか考えてたの？」

「一度も考えたことない！　僕をなんだと思ってるの？　そもそも高校生って日サロに行けるの？」

「アハハハ」

楽しそうに笑った。

「冗談だよー。ゆっきーがそんなこと考えるわけないよね。まぁ、ゆっきーが考えそうなことはぁー」

あれかー、それかー、これかーと指を折り曲げている。

「三つくらい思いつくかな。見つけたときの驚きようから考えると——」

勝ち誇ったように自身を指さして、

「わたしのこと、考えてたでしょ？」

「――っ！」

し、しまった……。反射的に目をそらしちゃった……。

狙っていたのか、偶然なのか、髪の色や日サロで左右に揺さぶられ、ズドンと真ん中に決められた形だ。

……今のでバレたかな？

美鐘はドヤ顔で見つめている。

僕は恥ずかしくなり、慌てて話題を変えようとする。

「そ、それより、どうしてここにいるの？　今って家に着いたころのはずじゃ？」

「ああ、それねー」

言いながら背筋を伸ばし、うしろに手をまわした。

「報告したいことがあったから直接きたんだよ。ここにいることは、まおちゃんが教えてくれた」

「直接？　ああ、そうだったんだ……」

足元に大きなボストンバッグがある。

駅から僕の家に行き、そこでここにいると聞いたらしい。ちなみに「まおちゃん」というのは、僕の妹のことだ。

そんなに急いでくるなんて、いったいなんだろう？　直接言わなきゃいけないこと？

「話」じゃなく「報告」って言葉を使うところにも違和感がある。

「……それで、報告ってなに？」

「それはね――」

そのとき、空で風がどうと吹き、葉はかさかさ、草はざわざわ、木はごとんごとんと鳴りはじめた。

美鐘の口は動いているのに、その言葉は聞き取れない。

僕は乱れる髪を片手で押さえ、砂が入らないよう目を細める。

そういえば、あの日も、こんな風が吹いてたな……。

第一章◆入部届

「この風は――」

髪が乱れてしまわないよう、僕はとっさに手で押さえた。

ここは、山桜に囲まれた砂利道。

まわりには制服姿の女子たちがいて、「キャーなにこの風ー」「ちょ、やだー」とか言いながら、スカートを押さえている。

僕は風を追って空を見上げ、口角を上げる。

岩手出身の童話作家、宮沢賢治の世界では、風は不思議な物語の入口を意味する。『注文の多い料理店』しかり、『どんぐりと山猫』しかり、『風の又三郎《またさぶろう》』しかり。ひょっとすると、ここも物語の入口なのかも。

そんなファンタジックなことを考えてしまうのは、このあたりの雰囲気が、賢治の描く童話の世界を彷彿《ほうふつ》とさせるからだ。

まわりを見れば、若芽の緑や、タンポポの黄色、山桜の淡いピンクが瞳にうつるし、耳をすませば、風の音や、小川のせせらぎ、野鳥の声が鼓膜をくすぐってくる。

もっと五感を研ぎすませば、見つけられるかもしれない。

洒落《しゃれ》た帽子をかぶった山猫、会話を楽しむ木の実たち、銀河を駆ける蒸気機関車なんかを……。

妄想しながら苔《こけ》むした石橋を渡ると、重なり合う枝葉のあいだから、まるで一〇〇年前にタイムスリップしたかのような木造校舎が見えてきた。

あれが、岩手県立滝咲《たきさき》高校だ。

岩手山のふもとにある「ザ・田舎の高校」って感じだけど、僕は気に入っている。あそこなら、厳かな自然の中で宮沢賢治の本を読めるし、彼についての研究ができる。

昇降口で靴を履き替え、廊下を歩いていた僕は、奇妙な光景を目にし、足をとめた。

……なんだろう？　クラスの前に、人だかりができてる。

「おう、トーヤ。今日はずいぶん遅いんだな」

声をかけてきたのは、いかにも堅物そうな雰囲気の田沼守貫《たぬまもりぬき》――長身で肩幅が広く、トレードマークの黒縁メガネをかけている。そのとなりには、いろいろな意味で対照的な音《おと》澄風太《ずみふうた》がいる。小柄でひょろっとしていて、手を上げながら馴《な》れ馴《な》れしく近寄ってくる感じが、お調子者っぽい。

どっちも僕とは違うタイプだけど、クラスで浮いているのは同じ。

田沼は堅物すぎて冗談が通じないし、音澄は空回り気味で煙たがられていた。僕はというと、典型的な陰キャでコミュ力が低い。最初は浮いた三人で集まったって感じだったけど、不思議と気が合い、今は友達と呼べる仲になっている。

ちなみに「トーヤ」というのは、僕の本名——遠谷幸文《とおやゆきふみ》からきたニックネームらしい。

「あ、おはようー……」

「トーヤぁ、ゴールデンウィーク楽しんだかよー？」

音澄が馴れ馴れしく肩を組んできた。

あまり得意な距離じゃないけど、悪意は感じないし、僕はハッキリものを言えない人だから、「あー、うん、まぁ……」と苦笑いを浮かべている。

実際のところ、ゴールデンウィークはほとんど文芸部にいた。

文芸部は僕が再建した僕しかいない部だ。宮沢賢治の本を読んだり、彼の足跡を追ったり、オリジナルの童話や詩を書いたりしている。

「あの、ところでさ——」

僕は気になってることを尋ねてみる。

「なんでみんな教室に入らないの？　中でなにかしてるの？」

「ああ、そのことか」

田沼は意味ありげに教室に目をやり、音澄は興奮した顔で、「転校生だよ！　今、教室で先生と話してる！」と言ってきた。

転校生？

僕はそっと胸に手をあてた。

この変な感覚は……デジャヴってやつかも。初めてのはずなのに、前にも同じことがあった気がする。

少し考え、「いや違う」と口の中でつぶやいた。

現実じゃなく、本の中で疑似体験したんだ。

連休明け、田舎の学校、教室の前の人だかり、そして転校生――この状況は、宮沢賢治の書いた『風の又三郎』とよく似ている。

そう思ったとき、風がどうと吹いてきて、廊下のガラスはみんながたがた鳴り、外の松や、桜の木も、変に青くなって揺れはじめた。まるで、宮沢賢治の世界に出てくる風。そんなことあるわけないとわかっていても、心のどこかで、童話のような不思議な展開を期待してしまう。

「それで、どんな転校生なの？」

「自分の目で見てみろ。そのほうが早い」

「そうそう、びっくりするよ」

びっくりする？

僕は真意をたしかめるため、人だかりのうしろに立った。背伸びして、生徒たちの肩の上から覗《のぞ》いてみる。隙間が狭すぎて教室全体は見渡せないけど、一部は見える。えっと……教室のうしろのほうは……誰もいない。中央も…………人影なし……。ということは……前にいるのかな……。

視線を移動させていき――

「ええ？」

うっかり声を出してしまい、慌てて口を押さえた。

教卓の前で先生と話していたのは、風の又三郎――ではなく、雑誌の表紙を飾っていそうなギャルだった。

全体としてふんわり流している髪は、夜空のような青い光沢を放っている。

いちおう学校指定の制服だと思うけど、ちょっと丈が短いように見えるし、他のところもアレンジされてるように感じる。

ん？　あれは？

耳たぶでキラッと光ったのは、緑色のピアス。

……あの石は、もしかして……カンラン石？　本物だろうか？

たしかにここは校則の緩い学校だけど、あそこまでやってる生徒はいない。あんな子が入ってきて、僕のクラスは、どうなっちゃうんだろう？

◆

「それでは朝のホームルームをはじめます。みなさんは、どんなゴールデンウィークをすごしましたか？　アクティブに遊び倒した人もいるでしょうし、ゆっくりリフレッシュした人もいるでしょう。ちなみに私は……事務の仕事をまかされて……だいたい学校にいました……。でも心配はいりません。今日から心機一転、みなさんと現文の授業を頑張るつもりです……」

教卓の向こう、「頑張るつもりです」のところで力なくガッツポーズしたのは、担任の春芽久菜砂《はるめくなずな》先生だ。

目尻が細いセミロングの女性で、春らしい薄ピンクのワンピースを着ている。けっこう美人だと思うけど、表情には疲れが見える。生徒たちの噂《うわさ》によると、結婚どころか恋人すらいないまま、今年で三〇を迎えるらしい。

「さて、みなさんも気づいていると思いますが、この一年五組に、転校生がやってきました。はるばる東京からですよ」

え？　東京？

ここは田舎の進学校で、特色のあるような学校じゃない。生徒は基本、地元の子だ。県外からでもちょっと驚くのに……東京から？

驚いたのは、僕だけじゃないらしい。まわりの席から、「そんな遠くからかよ」「都会のギャルじゃーん」などという声が聞こえてくる。

先生はそれを静かにさせると、横に手を伸ばしていく。

「では、さっそく自己紹介してもらいましょう。どうぞ」

教室中の視線が、たったひとりに集中する。

自己紹介か……。

東京からきたギャルが、いったいなにを話すのか、僕も興味がある。

意味のわからないギャル語を連発するのか？　それとも無難にまとめてくるのか？　どうするんだろう？

「はーい」

渋沢美鐘

ギャルは元気に返事すると、足を横に動かして、教卓に一歩近づいた。

教室を見渡し、ニコッと笑う。

「東京からきた渋沢美鐘《しぶさわみかね》でーす。好きなものは、トキメキとワクワク。早くみんなと仲良くなって、学園生活を楽しみたいです」

肩のあたりで指をパーの形に広げて、

「よっろしくぅー」

伝わってきたのは、すごい陽キャだってこと。

美人でスタイルがよくて、性格は明るい。いろいろ恵まれてて、なんだかうらやましい。東京ではきっと人気者だったんだと思う。たぶん……いや、間違いなく、ここでもそうなる。

思ったとおり、「わぁー」「よろしくねー」などと女子たちは歓迎の声をあげ、男子はこぞって手を上げて、質問があることをアピールしはじめた。

「はいはーい、興味があるのはいいことだけど、質問は休み時間にしてくださいね」

先生が手を振ってなだめる。

「東京とはいろいろ違うので、戸惑うことが多いと思います。みなさん、ちゃんと教えてあげるように。ちなみに席は、廊下側の一番うしろです。平井《ひらい》さん、よろしくお願いしますね」

「はい」

返事をしたのは、メガネをかけた黒髪ロングの少女、平井呼子《ここ》。

このクラスの学級委員で、みんなと良好な関係をつくっている。たぶん先生は、平井さんならめんどうみてくれると期待して近くの席にしたんだと思う。ちなみに僕の席は、窓《まど》際《ぎわ》の一番うしろ。あのギャルとは距離がある。

渋沢さんが席に座ると、先生は小さなプリントを配りはじめた。

最前列から二番目の席……二番目から三番目の席……とプリントが送られる中、先にプリントを見た生徒たちのどよめく声が聞こえてくる。不思議に思い、まわってきたプリントを見てみると、「第一回　文理選択希望調査票」と書かれていた。

もうそんな調査があることに、僕はかなり驚いている。

滝咲高校は、二年生から文系コースと理系コースにわけられる。いずれ選ばなきゃならないのはわかってたけど、まさか、こんなに早いなんて……。

先生が教卓の向こうに戻り、見えるようにプリントをかかげた。

「これは最初の希望調査です。文系か、理系か、希望するほうに丸をつけて今月末までに提出してください。まだ決まってない人もいるでしょうが、現時点の希望でかまいません。

最終決定は一一月です。そのときは三者面談もあります」

どうしよう？

進路のことなんてなにも考えてない。志望校とか、将来なりたい職業まで考えて回答するべきだよね？　でも、急にそんなこと決められないし、なんとなくで丸つけちゃっていいのかな……。

僕はプリントの角をピッタリ合わせると、指でこすって二つ折りにした。

まぁ、今月いっぱい考えていいんだから焦《あせ》ることはない。帰ってじっくり考えよう。

◆

次の日の四限目は自習だった。

いちおう自習用のプリントが配られたけど、真面目にやる生徒はほとんどいない。みんな、スマホをいじっているか、近くの人とおしゃべりしている。ちなみに僕は、『銀河鉄道の夜』を読んでいる。宮沢賢治の作品は、言葉のリズムを楽しめるし、とても奥が深いから、何度読んでも楽しい。どんなときだって、僕を心地いい夢の世界に連れて行ってくれる。

が、女子たちの大きな笑い声が聞こえ、現実に引き戻された。

目だけをこっそり横に向けると、あのギャル――渋沢さんのまわりに、平井さんと近しい女子たちが集まっていて、キャッキャとおしゃべりしていた。昨日転校してきたばっかりなのに、もうあんなに友達ができたんだろうか。

素直そうな笑顔が瞳にうつり、ドキッとする。

渋沢美鐘……。どこからか、透明な鐘の音が聞こえてきそう。すごく詩的でいい名前だな。そういえば、「鐘」ってイタリア語で、「カンパネルラ」じゃなかったっけ？

宮沢賢治の書いた『銀河鉄道の夜』には、カンパネルラという名前のキャラクターが登場する。カンパネルラは主人公の親友で、川で溺れそうになったいじめっ子を、自分の命と引き換えに助け、あの世へ向かう銀河鉄道に乗ってしまった。主人公のジョバンニも、ひょんなことから銀河鉄道に乗り、カンパネルラと宇宙旅行を楽しむけど、すでに死んでいるカンパネルラと、最後は別れることになる。

「……美しい……鐘……」

口の中でつぶやきながら、シャーペンを取る。

ページの余白に書いたのは、「美鐘」という文字。もうひとつ、もうひとつ、と三回書き、じぃーっと見つめる。

ふいに四限目の終了を告げるチャイムが鳴り、机の上を片づける音や、席を立つ音で、あたりがうるさくなった。

「おい、トーヤ。メシにするぞー」

「メーシ！　メーシ！　メーシ！　メーシ！」

田沼《たぬま》と音澄《おとずみ》が弁当片手にやってきた。僕は素早く本を閉じ、机の端に寄せる。

お昼はだいたいこのふたりといっしょだ。昨日の昼は、音澄がずっと渋沢さんの話をしてたから、今日もそうなるかと思ってたけど、弁当の蓋を開けていたら、田沼がこう聞いてきた。

「トーヤ、文理希望出したか？」

うっ……。

蓋を開ける手がとまる。

「……僕は……まだだよ……」

家で少し考えたけど、やっぱり僕には、これといった夢もないし、特技と呼べるものもなく、進路をイメージできなかった。

まぁでも、それは僕だけじゃないと思う。田沼だって、夢に向かって頑張ってるようには見えないし、音澄も口を開けば女の子の話ばっかり。将来について語ったことなんてない。そう思って「ふたりも、まだだよね？」と聞いてみたら、意外なことに、もう出した、というこたえが返ってきた。

「え？　本当に？」

驚いている僕の正面で、田沼が箸の先をゆっくり動かす。

「俺は文系にしたぞ。なにか国家資格を取って、個人事務所を持ちたいからな。司法試験に受かって弁護士……というのは無理だろうが、司法書士か、行政書士を狙ってる」

国家資格？　個人事務所？

難しそうな単語が次々出てきて、僕は目を白黒させた。

「お、音澄は？」

「俺は理系！　プログラミングを勉強してゲーム会社に勤める。以上！」

「…………」

言われてみれば、音澄はコンピューター研究部でゲームづくりをしている。考えてないように見えて、実はすごく計画的なのかも。

ど、どうしよう……。ふたりはちゃんと考えてるのに、僕は……。

置いていかれた気がして強い焦りを感じている。

「やっぱトーヤは文系だろー？」

音澄が軽い口調で言ってきた。

「だってさ、いっつも本読んでるじゃん」

「ああ、うん……」

数学とか物理もできるけど、たしかに僕は本が好きだ。文系のほうが、肌に合っているのかもしれない。

……でも、そんな理由で決めていいのかな？

思考の沼に沈んでいたら、空気を読んでくれたのか、それとも単に飽きたのか、音澄が前傾姿勢になり、「ねぇねぇ、ところでさぁー」と話題を変えた。

「例の転校生、やっぱイケてるよな？　モデル並みの外見ってだけでもすげーのに、性格もいいっていう」

「ああ、たしかに――」

田沼がうなずいた。

「普通に話せるというか、話してて楽しいってところはでかいな。人気者になるわけだ」

「そうそう！　すっげぇ話せる！」

え？

「……ふたりとも、渋沢さんと話したの？」

「ああ、話したぞ」

「向こうから話しかけてきたよ！　ひゃっほー」

「………」

僕に負けず劣らず、このふたりもクラスじゃ浮いてる存在のはず。席が近いわけでもないのに話しかけられたの？　どうして？

心中の疑問を見透かしたのか、田沼が説明する。

「あの転校生、いろんなクラスメイトに自分から話しかけてるらしいぞ。早くクラスに慣れたいからとか言ってた。ちなみに俺は、三限目の終わりに話しかけられた」

「俺も俺も！　廊下歩いてたらさ、音澄くんの苗字《みょうじ》って珍しいよね？　こっちに多い苗字なの？　って聞かれた！」

「そ、そうなんだ……」

ふたりのところにはきたのに、僕のところにはきていない。僕が暗いオーラをまとってるから、嫌がってスルーしたんだろうか？　それとも影が薄すぎて、忘れられたんだろうか？

ここでもまた置いていかれた気がする。

暗い顔でうつむいていたら、ハハーンと音澄が顎に指をあてた。

「トーヤぁ、話したいなら自分から行ってみろって。なーんにも怖くない。話しやすくてびっくりするよ」

「風《ふう》の言うとおりだ。俺もああいう派手な女子は苦手なはずだが、バイトのこととか、普通にいろいろ話せたぞ。それにな、本来なら向こうがくるんじゃなくて、こっちから行かなきゃいけないんだ。向こうは転校生なんだから」

「……それはわかるけど……僕は、いいよ……。向こうも、僕に話しかけられたくないだろうし……僕も別に、話したいって思ってないし……」

「えー、そうなの？　わたしは話したいと思ってるのにぃー」

あれ？

田沼でも音澄のものでもない。誰のものかわからない声。

まさかと思って顔を上げると、おもしろそうに見下ろしてる渋沢《しぶさわ》さんと目が合った。

「遠谷幸文《とおやゆきふみ》くん、だよね？」

ややや、やばい……。

「ごめん！　さっきのは本当じゃないっていうか！　そういう意味じゃないっていうか！」

と、とにかく違うから本気にしないで」

「おー、噂《うわさ》をすれば渋沢じゃないか」

「渋美《しぶみ》ちゃーん！　立ってないで座りなよぉー」

音澄が立ち上がり、「ほらほらー」と言いながら、自分の座っていた椅子を譲る。

「ありがとー。でも、これからココとごはんだから、少ししたら行っちゃうよ」

ココというのは、平井《ひらい》さんの下の名前だ。

もう下の名前で呼ぶ仲らしい。

ちなみに音澄が使っていた渋美というのは、一部の女子が、渋沢さんにつけたニックネーム。男が使っているところは初めて見た。

腰を下ろした渋沢さんは、持っていたカフェラテのストローをチューーッと吸い、視線を左右に往復させる。

「いっしょに食べてるなんて、三人は仲良しなんだね？　同じ部活とか？」

「いいや」

田沼が首を振った。

「みんなバラバラだ。俺は美術部で、風はコンピューター研究部、トーヤは文芸部」

「たったひとりのね！」

音澄がこっちを見ながら付けくわえ、僕は「ちょ、ちょっと……」と袖を引っ張る。

渋沢さんは一瞬キョトンとしたけど、すぐに興味の色に変わり、「えー？　なになにー？」と食いついてきた。

「いやー、こいつは変わり者でさー」

言いながら、音澄が肩を組んできた。

「廃部になってた文芸部を復活させて、そこでずーっと同じ作家の本を読んでるんだよ。えーっと……なんて作家だったっけ？　宮本剣児《みやもとけんじ》？」

「ち、違う！　宮沢賢治だよ！　な、なんか強そうになってる……。てゆーか、顔、近すぎない？」

渋沢さんがアハハッと笑う。

「宮沢賢治って、わたしも聞いたことあるよ！　すごい人なの？　なんでその人の本を読んでるの？」

「それは、えっと……」

ひとことで説明するのは、すごく難しい。

まず作品についてだけど、宮沢賢治の作品はどれも奥が深い。それにくわえて、「クラムボンはかぷかぷわらった」とか、「どっどど、どどうど」とか、「どってこどってこ」とか、思わず笑っちゃう自由すぎるオノマトペが使われてたり、謎の造語が使われてたりと、まるで子供のお絵描きみたいな、独特の雰囲気がある。

作品だけじゃなく、背後にある思想や、生きかたも魅力的だ。

たとえば賢治は、農業こそ自然に生かされた人の本分だと考え、教師を辞めて農業に従事し、無料で肥料の相談を受けたり、土壌の改良に尽力したりして、「肥料の神さま」なんて呼ばれていた。また、農家の人たちと楽器を演奏したり、レコードコンサートを開いたりして、農民芸術という分野を切り開いた。

語りだしたらキリがないけど——

チラッと渋沢さんを盗み見る。

透明感のある桃色の唇で微笑《ほほえ》みをつくり、ストローをくわえている。

このギャルにいろいろ言っても通じないよね？　ここはわかりやすさを重視して、岩手出身の作家だから、ってこたえておこう。

「まぁ、その、岩手出身の有名な作家だから……」

「岩手の人なんだ！　なに書いた人？」

へぇーそうなんだー、くらいだろうと思ってたのに、予想よりも反応が大きく、僕はちょっと面食らっている。

「え、えっと……有名なところだと、『注文の多い料理店』とか、『どんぐりと山猫』とか、『銀河鉄道の夜』とか、だね……」

「そこにあるやつ？」

青色に輝く爪の先を目でたどると、机の上に置いてあった『銀河鉄道の夜』に行き着いた。この本の存在に気づいていたらしい。

「ああ、うん、そう……」

「ふーん……」

さっき本に向けてた指を、今は下唇にあてている。

「ね、よければその本、貸してくれない？」

「……え？」

僕は目をぱちくりさせた。

机の本を指さして、

「貸すって、これを？」

「あ、読んでる途中なら別にいいよ。書店とか図書館にもあるよね？」

「まぁ、あるはずだけど……」

「わたし、岩手のこと、もっと知りたいって思ってるんだよねー。岩手出身の有名な作家だって聞いて読んでみたいなって思った」

「あ、そうなんだ」

顔に出ないよう頑張ってるけど、ちょっとでも気を抜くとにやけそうになる。

まさか、渋沢さんが興味をもってくれるなんて。これを機会に、宮沢賢治の魅力に気づいてくれたらいいな。

「何度も読んでるんだろ？　貸してやれ」

「そうだ。ケチケチするな」

田沼《たぬま》と音澄《おとずみ》が横から意見してきた。言われなくても僕は貸すつもりだ。

「わ、わかってるよ……。じゃ、はい」

「え？　いいの？」

「うん、僕、暗唱できるくらい何度も読んでるから……。他の出版社が出した本も持ってるし、なんの問題もないよ……。あっ、『銀河鉄道の夜』は小説としては短いから、その本には、他の有名な短編も入っちゃってるけど、いい？」

「もちろんだよー。最初から全部読んでみるね」

にこっと笑い、本を受け取った。

目的を果たしたと思ったのか、渋沢さんは立ち上がり、自分の席に戻っていった。

◆

僕の家は、岩手の県庁所在地——盛岡市の中心部から、少し外れたところにある。

下校のときは、学校から滝咲《たきさき》駅まで徒歩、滝咲駅から盛岡駅まで電車、盛岡駅から家まで自転車、というルートで帰る。めんどうだけど、いわて銀河鉄道線に乗れるのはちょっとうれしい。

「ただいまー」

玄関を開けた僕は、ふわふわした足取りで廊下を歩き、階段をのぼっていく。

自分の部屋のドアを開け、ベッドに倒れこんだ。

「はぁー、今日はいろいろあった……」

例のギャルと初めて話した。しかも本を貸してなんて言われて、本当に現実のことだったのかな。あっちは降りそそぐ陽光の下、みんなとワイワイ遊ぶタイプ。対して僕は、それを横目に見ながら、日陰で本を読んでるタイプ。本来なら交わらない、別世界の住人のはずだ。

ふと、自分の口元がにやけているのに気づき、無理やり真一文字にする。

まったく、僕はなにを考えてるんだろう。ただ、ちょっと話して、本を貸しただけなのに。

でも気を緩めると、またすぐにやけてしまう。あきらめて仰向けになり、「美鐘《みかね》かぁーいい名前だなー」とつぶやいた。

あれ？

なにかに引っかかった気がして眉根を寄せる。

なんだろう？　重要なことを忘れてるような……。

直後、ドッと汗が噴き出てきた。

「し、しまったーっ」

あの本の余白には美鐘って三つも書いてある。どっ、どうしてそんな重要なこと、今まで忘れて――ああ……。

突然理由がわかり、体を丸めて頭を抱えた。

僕は完全に浮かれていた。クラスで人気のイケてるギャルに、好きな本を貸してなんて言われて、すっかり舞い上がってたんだ。貸す前にちょっと考えれば、絶対気づけたはずなのに……。今ごろになって気づくなんて。

黒くて巨大な後悔の波が何度も襲ってくる。その波に揺さぶられ、だんだん気分が悪くなってきた。

うっぷ……。

吐かないよう、手で口を覆う。

「……や、やっぱり、あんなの見たら気味悪がるよね……。絶対ドン引きするよね……」

どんなにいい条件でシミュレーションしてみても、嫌われる結果しか出てこない。

このままじゃダメだ。どうにかしてあの本を取り返さないと。

やっとのことで起き上がった僕は、救いの手でも探すようにキョロキョロする。

ふと目にとまったのは、本棚に並ぶ大小さまざまな『銀河鉄道の夜』だった。

同じタイトルが複数並んでいるのは、すでに著作権が切れていて、いろいろな出版社が本にしているから。タイトルが同じでも、中身は完全に同じじゃない。宮沢賢治の作品は、独特の変わった言いまわしや、聞きなれない単語が多くあるから、本によって注釈の付けかたが違ってたりする。

渡した本がどうだったかまで覚えてないけど、「僕の手元にあるやつのほうが読みやすいから交換するよ、そっちのは読まずにとっておいて」と提案するのは、いちおう筋が通ってる気がする。

よ、よし、それでいこう。

鞄《かばん》の中からスマホを出し、ＬＩＮＥを起動する。

昨日の夜、渋沢《しぶさわ》さんがクラスのＬＩＮＥグループに入ってきた。

女子たちを中心に歓迎のコメントがたくさんついて、スマホが鳴りっぱなしだったのを覚えている。

「……いや、待て」

急に怖くなってきた。

今日初めて話したばっかりで、仲良くなったわけでもないんだよ。いきなりＬＩＮＥなんて送って、嫌がられないかな……。

そもそも僕は、女子どころか男友達ともろくにＬＩＮＥしたことがない。渋沢さんみたいなイケてるギャルに送ったら、慣れてないのがすぐバレて、笑われるかも。

ごくりと唾をのんだとき――

「進むべきかー、退《ひ》くべきかー、それが問題だ」

ぽつりとつぶやくような声が、うしろから聞こえてきた。

僕はギョッとして振り返る。

「……なんだ、真央《まお》か」

開けっぱなしだったドアの向こう、背中に手をまわして立っていたのは、今年で八歳になった僕の妹、遠谷《とおや》真央だ。

髪は黒のショートで、紺色のワンピースに猫耳キャラの缶バッジをつけている。

外見はあどけない幼女だけど、あまり感情を出さないというか、ちょっとミステリアスなところがあって、兄の僕でも理解できないことが多い。学校の演劇クラブに入ってから、そういうことが増えた気がする。

「進むべきかー、退くべきかー、それが問題だ」

また言った。お気に入りのセリフなのかも。

「……それ、演劇のセリフ？『ハムレット』？」

「ん」

こくりとうなずいた。

「小学生なのに、シェイクスピアやってるの？」

「ん」

「すごいね……」

真央は部屋に入ってくると、僕のほうを見ながら棒立ちになった。なにか言いたそうな雰囲気だけど、なかなか口を開こうとしない。

えーっと、どうしよう？

正直、真央にかまってる場合じゃない。こうしているあいだにも、渋沢さんが書きこみを見つけてしまうかもしれない。早く解決策を考えないと。

困っていたら、真央が手を前にもってきた。

「これ、兄上にあげる」

握られていたのは、食べかけのコッペパン。

僕はそれを見て「ああ、ダパンか」とつぶやいた。

これは、岩手県民が愛する〝福田パン〟だ。僕と真央は親しみをこめて「ダパン」と呼んでいる。

ダパンは、ふんわりした大きめのコッペパンで、クリームや具が挟んである。定番なのは、あんバター、ピーナツバター、メロンクリームなど。僕と真央は、抹茶クリームが挟まったダパンが大好きで、よく食べている。

「僕に半分くれるってこと？」

すると真央は、そっと胸に手をあてた。

幼女らしからぬ大人の雰囲気を発し、多少のぎこちなさはあるものの、歌うような話しかたに変わる。

「あぁーわたしはあなたとわけあいたい。どれほど甘美な蜜であっても、ひとりで舐《な》めればすぐになくなり、虚《むな》しさだけが残るでしょう。でも、あなたとふたりでわけあえば、きっとそこから、愛という名の蜜が生まれる」

「ええっ?」

驚きすぎて転びそうになった。

愛という名の蜜って……。お兄ちゃん子なのは知ってたけど、まさかそんなふうに思ってたなんて。どうしよう……。

「あ、あの、真央……。その気持ちはすごくうれしいよ……。でもほら、僕たちは兄妹《きょうだい》だから……。つまりその……愛っていう表現は強すぎるっていうか……」

僕は完全にしどろもどろ。

いっぽう真央は、冷めた表情で首をかたむけている。

「兄上、なにひとりで焦《あせ》ってるの? まお、演劇のセリフ言っただけだよ?」

「え? 今の……演劇のセリフ?」

「ん」

「……じゃあ、本当は?」

「ママ上が、兄上と半分こしなさいって」

「あ、そうなんだ……」

言われてみれば、変にまわりくどくて真央っぽくない言いまわしだった。なのに僕は本気にして……八歳の幼女相手に、なにを焦ってたんだろう……。

僕はダパンを見つめ、首を横に振る。

「真央にあげる。真央が食べていいよ」

「……兄上、食べないの？」

「うん……」

ダパンは僕の好物だから、いつもなら喜んでもらうんだけど、今は吐きそうなほど気分が悪い。とても食べられる状況じゃない。

「それよりひとりにさせてくれないかな？　僕、今すごく忙しくて」

「…………………」

真央は無言で視線を落とし、手の中のダパンをじぃーっと見つめる。

よだれをたらしそうな顔つきで、

「食べるべきかー、食べちゃうべきかー、それが問題だー。いったいどちらが、より気高い選択なのだろうか？」

「いや、それ……食べるでこたえ出てるよね？　気高い選択とか、そんなスケールの大きい話じゃないし……」

結局、欲望に従うことにしたらしい。

真央はダパンをかじると、「ああ、教えてください、パパ上の亡霊よー」とか言いながら部屋を出ていく。僕らの父さんはちゃんと生きてるんだけどな……。

僕はしっかりドアを閉め、はぁーと息をついた。

渋沢さんのことに思考を戻し、「真央の言うとおりかもしれない」とつぶやいた。

進むべきか、退くべきか、それが問題だ。

ベッドに腰を下ろし、渋沢さんにLINEを送るかどうか、あらためて考えてみる。

……慌てることは、ないのかも……。

本を借りた人が、すぐに読みはじめるとはかぎらない。机の上にポンッと置き、そのままにする人も多い。仮にすぐ読みはじめたとして、問題のページは最後のほうだ。すぐ到達するわけがない。あくまで僕の感覚だけど、普通のペースで二日、ゆっくりのペースで三日、今夜中に到達するとしたら、気合を入れて読まなきゃならない。

あのギャルが、そこまでするかな……?

……たぶん、しないと思う。本当に読んでくれるのかさえ、正直、怪しい。

考えれば考えるほど、LINEを送るのがナンセンスに思えてきた。

「うん、そうだ。明日、学校で話して、僕が持ってる本と交換すればいいだけだ」

◆

学校に着いたら、いの一番に本を交換しに行く。

そう決めてたはずなのに、なかなか実行に移せない。渋沢さんのまわりには常に誰かいて、楽しそうにおしゃべりしている。どうしよう？　どうしよう？　とまごついているうちに五限目も終わっていた。

教科書をそろえながら横目を向けると、渋沢さんは今もおしゃべりしていた。

相手は、となりの席の平井《ひらい》さん。

終わったらすぐ話しかけられるよう、僕は交換用の本を握って立ち上がり、音をたてないよう注意しながら歩いていく。ふたりのすぐうしろに立つと、会話の声がハッキリ聞こえてきた。

たぶん、どの部に入ろうかって話。勧誘してるのだろうか、平井さんが吹奏楽部の魅力を語っている。

ふたりの会話はなかなか終わらない。僕はなにもできないまま突っ立っている。

一分くらいそうしていたら、ふたりがこっちを見てきた。

渋沢《しぶさわ》さんが口を開く。

「あー、遠谷くーん！　そんなところでどうかしたの？」

「……え、えっと……」

眩《まばゆ》い笑顔を向けられ、一瞬、思考がとまってしまった。

「……その、渋沢さんに……話があるんだけど……」

「わたしに？」

「う、うん、そう……」

「いいよー。ちょうどわたしも話そうって思ってたんだよね。でも、今はココと話してるからちょっと待って。放課後でもいい？」

「あ、うん……」

「じゃあ、放課後にねー」

そう言うと、渋沢さんは平井さんとの会話に戻ってしまった。

宙ぶらりんな感じだけど、そう言われたら退くしかない。

僕はふたりに背を向け、自分の席に戻っていく。

それにしても、わたしも話そうって思ってたって、どういうことだろう。まさか、あの書きこみがバレてるんじゃ？　い、いや……でも、たった一日で……あのページまでは読めないよね。

「ボーッとしてどうした？　部活に行かないのか？」

ホームルームが終わってすぐ、田沼《たぬま》が声をかけてきた。

「いや、その前に……ちょっと用があって……」

僕はそうこたえながら、ほとんど無意識に渋沢さんのシルエットを探す。

席にはいない。前のほうに目を向けると、黒板の前で春芽久《はるめく》先生と話しているのが見えた。教卓の上に書類が置かれているところからして、なにかの説明を受けてるようだ。

田沼も同じ方向に目をやり、「ああ、なるほど」とうなずいた。

「部活の話をしたくて待ってるのか？」

「えーっと……」

春芽久先生は文芸部の顧問だから、僕が先生を待っていると思ったらしい。本当は先生じゃなく渋沢さんを待ってるんだけど、そうなった経緯を説明しきれる自信がない。僕はちゃんと訂正せず、「ちょっと違うけど、まぁそんな感じ」と言葉を濁した。

「そうか。ひとりは大変だなー。じゃ、俺は行く」

「うん、また明日」

渋沢さんが先生との話を終え、席に戻ったのは五分後のこと。渡された書類を書いてから、僕のほうに歩いてくる。

「ごめんごめーん、待たせちゃったー」

明るい声。胸の前で小さく手を振っている。

「い、いいよ……。先生と、大事な話があったんだよね？」

「そうなんだよー」

言いながら前の椅子を引くと、くるっと反転させ、向き合う形で座った。

「もう七〇パーくらい決めてるんだけどねー。本当にそれでいいかなって、ちょっと迷ってる」

おどけた感じで、肩をすくめた。

僕はとりあえず、「へぇー」とあいまいな相槌《あいづち》を打った。

なにを決めているのか？　なにを迷っているのか？　気にはなる。でも今は、とにかく本を交換しないと。

目線を下げ、「あのさ――」と話をきりだす。

「昨日貸した本だけど……まだ読んでないよね？　だったらさ、こっちの本と交換しない？　こっちのほうが、注釈がわかりやすいから」

「そうなんだー。でもわたし、もう読んじゃったよ」

「え……」

一瞬、頭が真っ白になった。

「よ、読んだって……最初のほうだけだよね？　だったらさ――」

「全部だよ。夜遅くまでかかったから、授業中すっごく眠かったー」

終わった。

本当に全部読んだのなら、もう余白の書きこみに気づいている。きっとこれから、書きこみについて聞かれるんだ。

「それでね、遠谷《とおや》くんに、いくつか質問したいんだけど、いい？」

さっそくきた……。

僕は全身を緊張させる。

「い、いいよ。なに？」

「じゃあ一つ目の質問――」

人さし指で「1」をつくる。

「『銀河鉄道の夜』ってさー、なんかいっぱい宝石出てくるよね？　なんでなの？　なにか意味があるの？」

「宝石？」

「そう。宝石って言葉、よく出てくる気がする。金剛石っていうのも宝石でしょ？　あと、サファイアとか、トパーズとかも出てくるよね？」

「あ、ああ……」

僕が戸惑っているのは、予想外の方角から質問が飛んできたから。まさか内容について質問されるとは思ってなかった。

「えっと、夜空で輝く星が宝石みたいに見えた、っていうのもあるだろうけど……。宮沢賢治が鉱物マニアだったっていうのも大きいと思う。『銀河鉄道の夜』だけじゃなく、いろいろな作品に宝石が出てくるよ」

「へぇ、だからなんだ！　わたしも宝石好きー」

「ああ、うん……」

それはなんとなくわかる。

耳たぶにある緑色の石。高価なものじゃないだろうけど、たぶんあれも宝石だ。

「そのピアスってさ、カンラン石だよね？」

「あっ、これ？」

聞かれたのがうれしかったのか、笑顔でピアスをつまんだ。

「違うよー。これはペリドット。ママからもらったんだー」

ママ？　お母さんがピアスなんてくれるの？

僕の家では考えられないから、どうしてピアスなんてもらったのか、ちょっと気にはなる。でも他人の家のことだし、そこには触れず、宝石だけに注目したほうがいいかもしれない。

「じゃあ、カンラン石で合ってるよ。カンラン石の宝石名がペリドットだから」

「ほぇー」

渋沢さんが目を丸くした。

「……遠谷くん、宝石くわしいの？」

「いちおう、宮沢賢治の研究してるから、それで僕も……ちょっと……」

「へぇー」

満足したのか、今度は右手の指を二本立てる。

「それじゃ、二つ目の質問——」

「う、うん」

「銀河鉄道って、死んだ人をあの世に連れて行く列車なんでしょ？　遠谷くんは、そういう不思議なことってあると思う？」

僕は眉根を寄せた。

余白の書きこみについて質問がくると思ってたのに、いっこうにこない。読んだフリして実は読んでないならわかるんだけど、質問の内容からして、しっかり読んでくれている。

どういうことだろう？

少し考え、仮説を立てた。

僕自身がそうだけど、なにかに没頭すると、それ以外は目に入らなくなる。たとえばTVに夢中になってるとき、画面の枠は目に入らない。渋沢さんも、本に夢中になりすぎて、余白の書きこみに気づかなかったのかもしれない。

安心したのもそうだけど、自分が薦めた本をこんなにも真剣に読んでくれた、というところに意識が向き、胸が熱くなってくる。

「えっと、死んだあとのことは誰にもわからないから、断定はできないけど、あったらおもしろいとは思うよ。それにほら、三途《さんず》の川とか、お花畑とか、昔からそういう話ってたくさんあるよね」

真剣に考えているのか、渋沢さんはうつむいて沈黙している。

しばらくしてから、顔を上げた。

「ふーん、おもしろいね。最初は七〇パーだったけど、九〇パーになった」

「え？　あ、うん……」

　パーセントの話はよくわからないけど、褒められたのは間違いない。

　僕は照れ顔で、自分の髪を撫《な》でる。

「わからないことがあるならどんどん聞いてよ。僕、こういう話、嫌いじゃないし……」

「そう？　じゃあ、三つ目——っていうか、最後の質問ね」

　貸した本をパラパラパラパラーッとめくり、あるところでとめ、そのページを僕に見せてくる。

　いたずらっぽい顔で指さしながら、

「ここ、わたしの名前が書いてあるんだけど、これ、なに？」

　ああああああああああーっ！

　やっぱりバレてた！　恥ずかしい！

　僕はりんごみたいに真っ赤になり、アタフタと手を動かす。

「いっ、いや！　それはそのっ、なんていうかアレなんだよ！　たしかに僕の本だけどいつのまにか書かれてて僕は知らなかったっていうかっ、偶然っていうかっ、必然っていうかっ、あの、えっと……そのぉ……」

「遠谷くん、こういうときはさ、正直になったほうがいいと思うよ」

「うっ」

たしかにそうだ。下手な嘘《うそ》をつくと、嘘に嘘を重ねなきゃならなくなり、どんどん状況が悪化してしまう。そもそも誤魔化せるような状況じゃない。

僕はすっかり観念して、頭《こうべ》をたれる。

「……『美鐘《みかね》』って、すごくいい名前だと思ったから、なんとなく書いたんだよ……。鐘ってさ、イタリア語でカンパネルラだし……銀河鉄道っぽいな、とも思った……」

「お？」

意外なこたえだったのか、渋沢《しぶさわ》さんがまばたきした。

少し沈黙し、ずいっと体を前に出してくる。

「わたしもこの名前、気に入ってるんだ。でも、名前を褒めてくれる人って、なかなかいないんだよねー。遠谷くんで二人目だよ」

「二人目？　もうひとりいるの？」

「今は東京にいる。わたしの憧れの先輩なんだー」

「へぇ……」

渋沢さんも、誰かに憧れたりするんだ。いったいどんな人だろう？

頭に浮かんだのは、カッコイイ俳優とか、アイドルみたいな人たち。僕みたいな陰キャ

じゃないのは、聞くまでもないよね。

ん？

見ると、渋沢さんがポケットに手を入れ、「ここに入れなかったっけ？」などとつぶやいている。なにかを探してるみたいだ。

「あ、あった！　はい、これー」

「え？　僕に？」

「うんっ」

渡されたのは、二つ折りにされた紙。

たぶん、さっき席で書いてた書類だろうけど、心あたりがないから、僕は首をかしげるしかない。

なんだろう？

ゆっくり開き、思わず二度見した。

これは……入部届？

しかも希望欄には……「文芸部」という文字がある。

素直に考えれば、渋沢さんが文芸部に入部希望してるって解釈になるけど、それはちょっと信じられない。僕をからかってるのかな？

引きつったような笑顔をつくり、「冗談だよね？」と聞いてみたら、渋沢さんはニコッと笑いかけてきた。

「冗談でこんなことするわけないよー。遠谷くん、わざわざその部をつくって、いっつもひとりでやってるんでしょ？　そんなの他に聞いたことない。めっちゃウケるね！　最初に聞いたとき、なんかワクワクしたし、本もおもしろかった。あと、わたしの事情に合ってると思う。もちろん不安もあったから、七〇パーくらいのやる気度だったけど、遠谷くんと話してみて、やる気一〇〇パーセントになった」

表情からも口調からも、からかってる印象は受けない。

じゃ、じゃあ……本当に？　本当に入ってくれるの？

クラスで一番人気のギャルが、僕の部活に入ってくれるなんて、まるで夢のよう。心に白い翼が生え、桃色の空に向かってパタパタと飛んでいく。

が、すぐに現実という網につかまり、冷たい大地に叩《たた》きつけられた。
ダ、ダメだ。文芸部はすごく地味な部活だし、いるのは陰キャの僕だけ。陽キャのギャルが満足できるわけがない。すぐに飽きて、つまんない、とか、期待外れ、とか言いだすと思う。もしそうなったら……きっと僕は……深く傷つく……。せっかく入りたいって言ってくれたけど、先々のリスクを考えれば、やめさせたほうがよさそう。たまに本を貸し借りして、おしゃべりするくらいの距離でいい。

「……で、でも文芸部ってさ、すーっごく地味な部活だよ？　本に興味をもってくれたなら、わざわざ入部しなくても、昨日みたいに貸すし……その、よければだけど、今みたいに話してもいい。だから部活は別のところにしたら？　運動部なら強いところがいっぱいあるよ。文化系だって、他に華やかなところがたくさんある。えっと……ほら、吹奏楽部なんてどう？　さっき平井《ひらい》さんに誘われてたよね？」

「ああ、うん、ココが何度も誘ってくれたから、いちおう見学にも行ったよ」

「それなら――」

「だめだめー」

顔の前で手をひらひら振る。

「やっぱりわたしには無理！　管楽器ってさ、吹かなきゃ音が鳴らないでしょ？　せめてパーカッションがあいてたら、ワンチャンあったかもしれないけど。スポーツ系もねー、見るのは好きだけど、やるのはちょっと……」

疲れそうなのは、やりたくないのかな？

「――じゃあ、美術部とかコンピューター研究部は？」

「田沼《たぬま》くんと音澄《おとずみ》くんがやってるよね？　まぁ、ダメってことはないんだけど、ピンとこないかなー」

「……そうなんだ」

他に思いつかない。どうしよう？

フリーズしていたら、渋沢さんが両手で頬杖《ほおづえ》をつき、僕の顔を下から覗《のぞ》きこんできた。

宝石みたいな眩《まぶ》しい笑顔で、

「てゆーことだから、今日からよろしくぅ」

◆

滝咲《たきさき》高校の文化部は、「三号館」と呼ばれる木造の建物に集められている。正式には「部室棟三号館」って名前らしいけど、誰もそう呼んでいない。

三号館は雑木林の中にあって、本校舎とは、ジャンプして渡れるほどの小川を挟んで長い渡り廊下で結ばれている。

渡り廊下は、さながら空中回廊のよう。

屋根はあるけど窓ガラスはなく、雨が強いと入ってくる。

木造なうえにぼろぼろで、風が強いとギシギシ揺れる。

高いところが苦手な人には、ちょっとキツイかもしれない。でも僕は、非日常的な雰囲気が感じられていいと思っている。渋沢さんもそう思っているのか、「すごっ、なにここー？」と興奮しながら、手すりに寄りかかった。

小川を見下ろしたあと、頭を上げ、山側を指さす。

「ね、あの変な小屋はなに？」

「ああ、炭焼き小屋って……聞いたよ……」

気もそぞろな返事になってしまったのは、どうにか入部を思いとどまらせられないか、考えているから。

悩む僕とは対照的に、渋沢さんは子供みたいにはしゃいでいる。

「ねっ、そのとなりのは？」

「……たぶん、かまど。陶器とか焼けるみたい」

「あっちの小屋は？」

「あれは牛舎だよ。牛がいる」

「牛っ？　モーってやつ？　へぇー、ここから見える？」

手をひさしにして、ぐいっと身を乗り出した。

危ないのもそうだけど、お尻を突き出したことでスカートの裾が上がり、下着が見えてしまいそう。僕は息をのみ、ひとりでアタフタする。

「あっ、あの！　渋沢さん、あんまり乗り出すと危ないよ。ここ、高いから、落ちたら怪我《けが》する」

「渋沢さん？」

妙に冷静な声が返ってきた。

僕のほうを向き、眉をひそめる。

「……もしかして、わたしのこと、渋沢さんって呼んでるの？」

「う、うん。そうだけど……」

「なんで？」

「え？　なんでって……」

理由を聞かれても困ってしまう。

閉口していたら、「どうして下の名前で呼ばないの？」と聞いてきた。

「下の名前？」

「美鐘って名前がいいと思ったんでしょ？　なら、美鐘って呼んだほうがいいと思う」

「あっ」

たしかに、ついさっき名前を褒めたばっかりだ。

でも、女の子を下の名前で呼ぶなんて恥ずかしいし、クラスメイトにどう思われるか気になる。馴《な》れ馴《な》れしいとか、調子にのってるとか思われないかな？　渋沢さんは一番人気の女の子だから、僕だけ下の名前で呼んだら、みんなから睨《にら》まれるかも……。

渋沢さんは人さし指を立て、ゆっくり宙に円を描く。

「わたしねー、自分の気持ちは、どんどん表現したほうがいいと思うんだ。そのほうがきっと楽しくなるよ。ほら、この格好もそう。『わたし』を全身で表現してる。ちなみに、わたしは遠谷《とおや》くんのこと、ゆっきーって呼ぼうと思ってるよ」

「え？　ゆっきー？」

「うん、嫌？」

「い、嫌ってわけじゃ……」

思い返せば、幼いころはそう呼ばれていた。誰も呼ばなくなったのは、僕が暗いオーラをまとうようになり、ゆっきーらしくなくなったからだと思う。久しぶりに呼ばれてみて悪い気はしない。向こうがそうしてくれるなら、合わせてみてもいいかもしれない。

「じゃ、じゃあ……美鐘――」

恐る恐る呼んでみると、待ってました！　というように「なにー？」という言葉が返ってきた。呼んでみた感触は……思った以上にいい。下の名前で呼んだだけなのに、特別な関係になったような気がする。

気恥ずかしくなり、僕は目を泳がせる。

「え、えっと……落ちたら危ないから、離れたほうがいいよ」

「はーい」

素直に離れると、「それで？　部室はどこ？」と聞いてきた。

「もうすぐだよ。こっち」

歩きだすと、美鐘《みかね》は鼻歌交じりについてきた。


「わぁ、ここが部室なんだー」

一〇畳ほどの部屋の真ん中、美鐘が両手を広げて回ると、青みがかった髪と短いスカートがふわりと上がった。僕は入ってすぐのところにいて、「あ、うん」と聞こえるか聞こえないか、わからないくらいの声を返した。

いつもと同じ部室なのに、ひとりくわわっただけでぜんぜん違う。なんだか違う場所みたいだ。

美鐘はうしろで手を組み、顔をこっちに向けてくる。

「やっぱり本がいっぱいあるねー？」

「まぁ、文芸部……だから」

側面の壁に背をつけたふたつの大きな棚は本でいっぱいだし、それと平行に並んでいる中央の棚も、本がぎっしり。棚に入りきらないぶんは、床の上や、奥の窓の手前に置かれた小さな丸テーブルに積まれている。ちなみにテーブルは、入ってすぐのところにも、四角いやつがもうひとつある。傷だらけのローテーブルで、上には、僕が集めた石や資料などがあり、左右には、色あせたソファーが置かれている。

右の本棚の前に立った美鐘は、下から上へと眺めていき、「もしかして、これ、全部ゆっきーの本？」と聞いてきた。

「まさか、そんなわけないよ。たぶん、昔の文芸部員がそろえた本……だと思う……」

「あーそっか。文芸部って、一からつくったんじゃないんだよね？」

「うん。くわしくは知らないけど、かなり昔からある部活みたいだよ。でも、長いあいだ廃部になってて、それを僕が復活させた。だから、今じゃ骨董品《こっとうひん》って呼ばれそうな物が出てきたり、古い本を開いたら謎のメモが挟まってたり、なんてこともある……」

「へぇー、なんだかミステリーっぽいね。あっ！」

突然うれしそうな声をあげた。

「これ読んだことある！　あっ、こっちもだ！」

「……え？　本当に？」

疑ってしまったのも無理はない。美鐘が読んだと主張したのは、ヘルマン・ヘッセ作『車輪の下』と、アーネスト・ヘミングウェイ作『老人と海』だったから。どっちも有名な作品だけど、かなり本が好きな人じゃないと読まないと思う。僕だって、タイトルと、なんとなくのあらすじを知ってるだけで、ちゃんと読んだことはない。

「ね、こっちがゆっきーの本なんでしょ？　宮沢賢治がいっぱいいるー」

美鐘が中央の棚の手前あたりを指さしている。

「ああ、うん、そうだよ……」

「これ、読んでいい？」

「……もちろん」

「やったー」

「…………」

……もしかして、本が好きなのかな？

貸した本はちゃんと読んでくれたし、古典的名作も読んだらしいし、今も読みたがっている。もし本当にそうだとしたら……いや、そんな都合のいいことあるはずない。クラスで一番人気の陽キャのギャルが、陰キャの僕と同じ趣味なんて。

ふと見ると、本を片手に抱えた美鐘がキョロキョロしている。

たぶん、座る場所を探してるんだ。

「あのっ、よければだけど――」

どうせなら気持ちよく読んで欲しい。そう思った僕は、窓際《まどぎわ》の席を勧める。

「あそこに座ってよ。ほら、丸テーブルのところ。陽があたるし、窓から風が入って気持ちいいよ」

「へぇー、そうなんだー。んじゃ、そうしよっかなー」

「あ、ちょっと待ってて。今、椅子を用意するから」

この部屋には、ソファーの他に、折りたたみ式の椅子が三つある。僕はそのひとつを窓のところに運び、テーブルに積まれた本をどけてやった。

「ありがと、ゆっきー」

「いや、たいしたことないよ……。僕はあっちのソファーにいるから、なにかあったら言って」

「はーい」

ソファーに座り、僕も本を開いたけど、美鐘のことが気になって、なかなか集中できない。一〇分ほどたったころ、僕はこっそり顔を上げ、窓のほうに横目を向けた。

陽だまりの中、美鐘は静かに本をめくっている。

窓から入るそよ風が、光沢のある青い髪と、ややくすんだ白いページを、さわさわと揺らしていた。

第二章◆WE LOVE ミヤケン

美鐘が僕しかいない文芸部に入ったという情報は、どういうわけかすぐに広まり、翌日にはクラス全員の知るところになっていた。いつもは隅っこにいる僕だけど、放課後は輪の真ん中に連れてこられ、いろいろな人から質問を受けた。

人によっては、うれしくてたまらない状況だと思う。でも、僕はどんな顔をしていいのかわからず、部活があると言って逃げ出した。


部室のドアをうしろ手で閉め、「ふぅー」と息を吐く。

いつかはバレると思ってたけど、こんなに早く知られるなんて、どうしてだろう？　いっしょにいるところを見られたわけでも、入部届が公開されたわけでもないのに。

「ゆっきー、おそーい！」

中央にある本棚の陰から、美鐘の顔がひょこっと出てきた。

先に部室にきていたらしい。

「あ、ごめん。いろいろ聞かれてて……」

「わたしのこと？」

「うん、もうみんな知ってたよ。昨日入ったばっかりなのに、どうしてだろう……」

「だって、わたしがSNSで発表したもん」

「えっ……」

ま、まぁ、隠すことでもないから別にいいけど、わざわざSNSで発表するなんて、陰キャの僕にはなかった発想だ。やっぱり陽キャのギャルは違う。

本棚の向こうから、「ちなみにっ」と、美鐘の声が響く。

「わたしのアカウント名は『みかねぷ』だよ！　よければフォローしてね。ゆっきーのもフォローするからっ」

「いや、僕はたまに見るだけで、なにも発信してないよ。フォローとか、しなくていい」

「えー？　そうなの？」

「……うん」

みんなはSNSに夢中だけど、僕は昔から苦手だった。なにを発信すればいいのかわからないし、炎上したり叩《たた》かれたりするのも怖い。ネットで誰かとつながるより、ひとりで静かに本を読んでいるほうがいい。

僕がソファーに腰を下ろすと、跳ねるような足取りで美鐘がやってきた。

胸の前で薄い本を持ち、表紙を見せてくる。

「ね、今日はこれ読んでいい？」

「『毒蛾《どくが》』？　ああ、うん、もちろん……」

ちょっと知名度は低いけど、『毒蛾』も宮沢賢治の作品だ。

毒をもった蛾が各地で大量発生する話で、刺された肌の治療にアンモニアが効くか議論する場面や、鱗粉《りんぷん》の構造を顕微鏡で観察する場面や、リトマス試験紙を使う場面があり、科学者だった宮沢賢治の知識力が、いかんなく発揮されている。

それにしても――

美鐘のほうに意識を向ける。

昨日も本を読んでたし、今日もちゃんと読もうとしている。もしかして本当に、本が好きなのかな？

僕は本が好きだ。美鐘もそうならすごくうれしい。

五分くらいすると、部室の外がワイワイガヤガヤ騒がしくなってきた。

ドアを通して「ここにいるのか？」「渋沢《しぶさわ》って、あのギャルだろ？」「文芸部？　本当かよ？」「おい、ちょっと覗《のぞ》いてみようぜ」などと話す声が聞こえてくる。

どうやら、美鐘《みかね》目当ての野次馬が集まってるみたいだ。

当の美鐘はというと、微動だにせず本を読んでいる。

ワイヤレスイヤホンをしているのも大きいだろうけど、まわりが見えないくらい、集中してるんだと思う。

あんなに真剣なのに、邪魔されるのは……嫌だ。部室を覗くなんて、あきらかによくないことだし、美鐘も嫌がるはず。こういうのは苦手だけど、部長の僕がどうにかしないと。

本を置き、静かに立ち上がった。

部室のドアを開け、恐る恐る外に出る。

「……あ、あの……すごく気になるので……えっと、その……ここに……集まらないで欲しいんですけど……」

ただの野次馬だったからか、注意すると素直に去っていく。

が、そうじゃない生徒もひとりだけいた。

音澄風太《おとずみふうた》だ。

音澄はすがるように僕の服をつかむと、激しく前後に揺すってくる。

「なんでっ？　どうしてっ？　渋美《しぶみ》ちゃんが文芸部なんだよ？　どうやって入れたんだよ

「いや……もう説明したけどさ、入れたっていうより、自分から入部してきたんだよ」

「イケてるギャルとふたりっきりとか、うらやま展開すぎる！」

「そんなこと言われても……」

「ううう……」

肩を震わせている。

数秒後、「よし、決めた！」と叫び、顔を上げた。

「俺も文芸部に入部する！」

「ええっ？　コンピューター研究部はいいの？　ゲームつくるの楽しいって言ってなかった？　将来の夢でもあるんでしょ？」

「いいって、いいってー」

へらへらした感じで笑う。

顔の前で手を振りながら、

「ギャルゲーなんかつくるよりさ、イケてるギャルといたほうが、何千倍もいいに決まってるだろ？　夢は夢、これはこれ、コピ研は今日で辞める」

「ほ、本当に？　それでいいの？」

「だからいいって言っ――」

途中で口を閉じたのは、たぶん、背後の気配に気づいたからだ。

いつのまにか立っていたのは、前髪をきっちりそろえた厳しそうな女性。

腕を組み、音澄の背中を睨《にら》みつけている。

名前は覚えてないけど、部室がとなりだから僕も知っている。音澄が所属するコンピューター研究部の部長さんだ。

音澄は錆《さ》びたブリキ人形みたいに振り返り、激しく動揺した。

「あ、あの！　部長っ、今のはその――」

「残念ね。音澄くんはうちのエースになれるって期待してたのに。ギャルゲーを捨ててリアルギャルを取るなんて」

「ちょっ、冗談ですよ！　俺がギャルゲーを捨てるわけないじゃないですか！」

すごい手のひら返し……。

調子よすぎる気もするけど、僕にはできないことだから、ちょっと感心してしまう。

「ささ、部長、早く帰りましょう」

音澄はさっきの話など忘れたように背中を押し、コンピューター研究部に戻っていく。

ドアの閉まる音がこだまし、三号館の廊下に静けさが戻ってきた。

……よかった。これでやっと読書できる。

僕は安堵《あんど》の息をついた。

ドアを開け、さっきと同じ姿勢で読書にいそしむ美鐘を横目に、そーっと歩いていく。

イケてるギャルとふたりっきりか……。

たしかに、そういう状況ではある。でも、ふたりっきりだからといって、なにかが起こるわけじゃない。これはデートじゃないし、デートに発展するとも思えない。

三〇分ほどたったろうか、ふいに美鐘が本を置き、イヤホンを外した。

質問です、という感じで「はい！」と手を上げる。

「あ、うん、なに？」

「なんかぁー……こっちにきてから、よくイーハトーブって言葉を聞くんだけど、この本に出てくるイーハトブと同じなのかな？」

「ああ、うん。同じだよ。イーハトーブは宮沢賢治がつくった言葉で、本によってイーハトーボとかイーハトブとか、少しずつ変わってる」

「やっぱりそっか。これってなに？　重要な言葉っぽいよね？」

「すっごく重要だよっ」

つい熱をこめてしまった。

ちょっと恥ずかしくなり、コホンッと咳払《せきばら》いする。

「イーハトーブっていうのは、宮沢賢治の心にある理想郷なんだ。宮沢賢治の作品の多くは、イーハトーブを舞台にしてる。こっちにきてからよく聞くのは、イーハトーブのモデルが岩手だからだよ」

「あ、これ、岩手のことなんだ」

「うん。美鐘が読んでる『毒蛾』にさ、イーハトーブの首都マリオとか、ハームキアって町が出てくるでしょ？　マリオは県庁所在地の盛岡市。ハームキアは、賢治が生まれ育った花巻市のこと」

「へぇー」

感心したような表情。でもすぐに、難しそうな顔に変わった。

「……わたし、こっちにきたばっかりだから、岩手のこと、ぜんぜんわからないんだよねー。ゆっきー、いろいろ連れてって」

「え？」

「観光ガイドして欲しいなー。イーハトーブを知らないと、この本、ちゃんと理解できないでしょ？　明日から休日だから、ちょうどいー」

ちょうどいー、のところで人さし指を上げ、ウィンクした。

僕は内心かなり慌てている。

いちおう文芸部の活動っぽいけど、ふたりで出かけるって実質デートだよね？　美鐘みたいなイケてるギャルとデートしてみたいっていう欲求は、もちろん僕の中にもある。でも僕は、今まで一度も、女の子と出かけたことがない。どんな服を着ればいいかわからないし、どんな会話をすればいいかもわからない。こんな状態でデートなんてしたら、きっとあれこれ失敗して、美鐘に呆《あき》れられると思う。

行ってみたい……。でもここは……断ったほうが安全だ……。

「……あの、それなら別の人にお願いしたほうがいいんじゃない？　僕なんかと行っても、つまらないと思う」

「ええー？」

美鐘は目を丸くしたのち、手を叩いてアハアハ笑いだした。

なぜ笑っているのか、僕にはわからない。「あ、あの……美鐘？」と声をかけたら、軽い口調でこう言ってきた。

「ゆっきーはさー、もうちょっと自信もってもいいと思うよ。そんなに悪くないって。わたしはゆっきーと行きたいから、ゆっきーにお願いしてる。別の人と行きたかったら別の人にお願いしてるよ」

「……え、僕と行きたいの？」

「そうそう」

「………」

そんなこと言われたのは初めてだ。

心が静かに震え、青みをおびた春風のような波が、全身に広がっていくのを感じる。

抑えこんでいた欲求が、言葉になって口から出てきた。

「……ぼ、僕も、行きたいと思ってるよ。本当に僕でいいならだけど」

「それじゃ決まりね！」

パチンッと指を鳴らした。

「明日は盛岡で、明後日《あさって》は花巻。わたし、午前はちょっと予定があるから、午後一時に盛岡駅に集合でいい？」

「ああ、うん」

「あー、でも盛岡駅って広いよね？　どこかわかりやすい場所ある？」

「えっと」

目線を上げ、駅構内とその周辺を思い浮かべる。

「それなら、滝の前なんてどう？」

「滝の前？　あ、駅の正面にある水が流れてるところね！　オッケー。それじゃ、もしなにかあったらLINEして。LINEの名前も『みかねぷ』だから」

LINE？

その単語を聞き、わずかに腰を引いた。

「ご、ごめん。僕、LINEはちょっと……」

「え？　ゆっきー、LINEしない人？」

「まぁ、うん。スマホはあるから、できないわけじゃないけど」

「へぇー」

驚いたような顔つき。

でも、大きな問題じゃないと思ったのか、理由を聞いたり、無理に勧めてくることはなかった。

「まぁ、連絡できればなんでもオッケーだよ。んじゃ番号教えるから、なにかあったら電話してね」

◆

盛岡駅の東口付近は、「滝の広場」と呼ばれている。

大きな人工の滝や、お洒落《しゃれ》なベンチがあり、僕以外にも、大学生っぽい男の人、主婦っぽい女性、サラリーマンなど、いろんな人が誰かを待っている。僕は盛岡市内に住んでるから、通学用の自転車できて、三〇分くらい前には到着していた。

服装は、チェックのシャツと紺色のズボン。

地味すぎる？　変かな？　いっそ、学生服のほうがよかった？　でも休日に学生服って、そっちのほうが変だよね。

不安なことは他にもある。

いちおう、どこに連れて行くかは決めたけど、盛岡には見せたい場所がたくさんあるから、かなり目移りした。僕のセンスで選んで、楽しんでくれるだろうか。盛岡を好きになってくれたらいいけど、これでつまらない場所って思われたらどうしよう……。

左手を持ち上げて腕時計を見ると、針は一三時一分をさしていた。

待ち合わせの時間から一分すぎている。

「遅刻？　まさか……からかわれたんじゃ……」

そう思ったとき、うしろから女性の声が聞こえてきた。

ついにきたと思った僕は勢いよく振り返る。

「や、やぁ、電車できたの？　てっきり僕は――」

「新規オープンでーす。冷麺一杯一〇〇円引きでーす」

違った……。ビラ配りのお姉さんだった……。

がっかりしたのと恥ずかしいので、僕は固まってしまう。お姉さんはすっごい笑顔。僕の胸元にカラフルなビラを押しつけてくる。

「よければどーぞ！」

「……は、はい」

どうやら市内に焼肉店がオープンするらしい。チラシの端に、盛岡冷麺一〇〇円引き券がついている。

盛岡冷麺は、わんこそば、じゃじゃ麺、と並ぶ盛岡三大麺のひとつだ。濃厚なスープの中にみずみずしいパスタみたいな麺が入っていて、辛みのキムチや、口直しのフルーツが添えられている。酸味と辛みと甘さが爽やかにマッチしていてとてもおいしい。他県の人は、焼肉店で必ず焼肉を食べると聞いたことがあるけど、盛岡の人は、冷麺だけということも少なくない。新規オープンなら店内も奇麗だろうし、美鐘《みかね》と行ってみたい。でも……肝心の美鐘がこない。やっぱり僕はからかわれたのかも……。

突然、空で風がどうと鳴った。

遠くの街路樹から揺れはじめ、ぞぞぞん、ぞぞぞん……と、揺れが近づいてくる。ヤバいと思ったときにはもう遅く、ビラがさらわれていた。

僕は自転車から離れ、タイルの上をひらひら転がるビラを追いかけていく。

ビラは一〇メートル以上も転がり、カジュアルなスニーカーにぶつかってとまった。たぶん若い女性のスニーカーだ。色合いやデザインに、可愛《かわい》らしさを感じる。

「す、すいません……」

そう言いながらビラを拾ったら、「ごめーん、待った?」と聞き覚えのある声が降ってきた。

え?

僕はゆっくり顔を上げていく。

見えてきたのは、ほっそりした足と、黒色のミニスカート。それが風でフワッと上がり

「あ、ヤバッ」

おどけるような動きで、白い右手がスカートを押さえた。

声の主は美鐘――おへそが見えるほど短いシャツに、軽く上着を羽織っていて、すごくイケている。

美鐘はニヤニヤ笑いながら、

「もうちょっとで、ゆっきーに見られちゃうとこだったねー。危ない危ない」

僕はハッとしてうしろに飛びのいた。

「ご、ごめん！　僕はただ、これを拾おうとしただけで覗《のぞ》くつもりは――」

「わかってるってー。それより遅れてごめんね。ショーパンにするかスカートにするか迷っちゃった。ゆっきーはいつきたの？」

「……きたばっかり……だよ……」

ちなみに美鐘が手で押してるのは、スマートな折りたたみ自転車だ。

色はスカイブルー。とてもシンプルなつくりで、カゴもなければ、ギアチェンジ機能もない。ロードバイクっぽい雰囲気もあるけど、もしかしてカーボン製かな？　たぶん、かなり軽量なものだと思う。

「美鐘は、それをバスに乗せてきたの？」

「うん、わたしの家、松園団地にあってちょっと遠いんだー。だからバスできたよ。これ、オーダーメイドの自転車なの。めちゃくちゃ軽くつくったから、わたしでも持てる。わたしさー、なるべく歩きたくないし、かといって自転車こぎまくるのも無理なんだよね。だからこれー」

オーダーメイドとか、すごく高そう。

僕はボロボロの通学用自転車だから、ちょっと恥ずかしい。

美鐘が「あれれ？」と顔をかたむける。

「ゆっきーは自転車じゃないの？　今日どうやってまわるつもりなの？」

「あ、いや、僕も自転車だよ。あっちのベンチに置いてある。取ってくるから、ちょっと待ってて」

「はーい」

慌てて取りにいき、自転車に乗って戻ってきた。

美鐘もサドルにまたがり、ハンドルを握る。

「最初はどこに行くの？　ここから遠い？」

「……すぐ近くだよ。案内するから、ついてきて」

ペダルを踏みこみ、走りだした。

盛岡は五月になっても寒い日が多いけど、今日はぽかぽか暖かい。こういう日を春うらって呼ぶのかな。

そんなことを考えてるうちに、最初の目的地が見えてきた。

交差点の向こうにある大きな橋。

白で塗られたアーチ状の鉄骨が、雪山のように見えて美しい。

僕が交差点を渡ったところで自転車をとめると、美鐘もとめ、地面に片足をつけた。

「この橋が、ゆっきーの見せたいもの？」

「うん、そう。これは〝開運橋〟っていって、この町のシンボルなんだ。橋の下は、北上川が流れてる」

「北上川？」

「岩手の真ん中を流れる川で、岩手の母っていわれる川。水が奇麗だから、寒くなると鮭《さけ》がのぼってくるよ。ここの手前で中津川って川にわかれるんだけど、そこは鮭の産卵場所にもなってる。鮭がのぼってくる県庁所在地は、かなり珍しいはず」

「すごー、けっこう大きな町なのに、サーモンとれるの？　ここに住んでれば、サーモン食べ放題だね」

「え？　あー、それはどうかなぁー……」

僕は微妙な笑みを浮かべた。

鮭を見にくる人はいるけど、とってる人は見たことない。

まぁでも、興味があるみたいでよかった。橋なんてつまんないって言われないか、ちょっと心配してたから。

「ずっとここにいてもなんだから、橋を渡ろうか？」

「うん」

自転車から降り、手で押しながら歩いていく。

橋の中ほどにくると、美鐘が「わぁー」と声をあげ、足をとめた。

「あの山、岩手山？　とっても奇麗な景色だねー」

見せたかったものに、ちゃんと気づいてくれてうれしい。

開運橋の上からは、岩手山と北上川、その両方を視界に収められる。ここに立って眺めれば、盛岡という町をひと目で理解できるはずだ。

美鐘は自転車をとめ、欄干に手をつく。

僕もとなりに並び、同じようにする。

ゆったりとした時間の流れ。

「なんか、変……」

ふいに美鐘がつぶやいた。

「この景色、奇麗だけど寂しい気持ちになる」

「寂しい気持ち？」

「なんていうか、東京とはスケールも色合いも、なにもかも違うから。すごい遠くにきたって実感が出てきて、なんか寂しい。ここで頑張ろうって決めたのに」

「ああ――」

僕はここの生まれだから、そう思ったことはないけど、遠くからきた人はそうなるって聞いたことがある。

「寂しくなるのは自然なことかもしれないよ。この橋は、別名『二度泣き橋』っていうんだ。一度目は、ここにきた人が、ああ、こんなに遠くにきてしまった、って涙する。二度目は、ここを去るとき、ああ、離れたくない、って思って涙する。二度泣くから二度泣き橋」

「たしかに、今のわたしと似てる。わたしも二度泣くことになるのかな？」

「どうだろう？　なってくれたら、うれしいけど……」

言ってすぐ、言葉足らずだったかも、と心配になった。

泣くくらい好きになって欲しいって意味だったけど、美鐘にここを去る日がきて欲しい、って意味にも聞こえる。

でも、余計な心配だったみたいだ。

美鐘は静かにこう言ってきた。

「そうだね。ここは奇麗な町だから、もっといっぱい知って、泣くくらい好きになって、ずーっといられたらいいと思う」

「あ、うん！」

僕は深くうなずいた。

今の言葉はすごくうれしい。

僕はこの町が好きだ。美鐘にも好きになって欲しいと思う。

いろいろ不安だったけど、少し自信になった。

自転車にまたがり、うしろに目線を送る。

「さ、行こう。見せたいものがたくさんあるんだ。ついてきて」

◆

僕と美鐘《みかね》は、北上川沿いに自転車を走らせ、材木町に入った。

材木町には見どころが二つある。

一つ目は〝よ市〟という市。

春から秋の土曜の一五時から開かれ、新鮮な野菜や盛岡の特産物などが売られる。

二つ目は——

「ゆっきー！　ほらあれ！」

突然、美鐘がペダルを踏みこんで加速。僕を引き離し、ハンドルをきって急停止した。

振り返り、興奮顔で道の像を指さす。

「あ、うん。その像、宮沢賢治だよ」

言いながら、僕も自転車をとめた。

そう、この通りは宮沢賢治ゆかりの場所で、〝いーはとーぶアベニュー〟と呼ばれている。道端には、賢治に関連したモニュメントがいくつも並んでいて、美鐘が指さしているのもそのひとつ、〝石の採掘場で座って休む賢治像〟だ。

美鐘は自転車にまたがったまま、賢治像を見つめる。

「どうしてここに像があるの？　なにか特別な場所なの？」

「この通りに、宮沢賢治の本を出版した出版社があるんだよ。今はもう本は出してないけど、建物自体がすごくお洒落《しゃれ》だし、直筆の原稿が展示してあったり、コーヒーのおいしいカフェがあったりして、観光地になってる」

「わぁ、楽しそう！　でもその前に――」

像のとなりに座り、きてきてという感じで手招きする。

「ゆっきー、三人で撮ろうよ」

「え？　三人って？」

「わたしとぉ、ゆっきーとぉ、ミヤケン。決まってるでしょ」

「ミヤケンっ？」

大文豪を友達みたいに……。てゆーか、それって実質ツーショットなんじゃ？

「ぼ、僕は遠慮しとくよ……。写真とか苦手だから……」

「写真に苦手も得意もなくない？　ほらほら早く、ミヤケンの横で屈《かが》んで。ふたりで両側からほっぺつんポーズね」

言いながらバッグから出したのは、手持ち式の自撮り棒。

こんなものを持ち歩いてるなんて、さすが陽キャのギャルは違う。

美鐘はスマホをセットすると「シャキーン！」と言いながら伸ばし、賢治像の頬を人さし指で触った。

画面越しに、僕にも同じことをするよう、うながしてくる。

「……こ、こう？」

恐る恐る、像の頬を触る。

「そうそう。んじゃ撮るよー、3、2、1」

カシャ！

撮った写真を見せてもらうと、なんとも不思議な気分になった。

キラキラしたギャルと、厳かな賢治像、そしてぎこちなく笑う僕。ミスマッチ感がハンパない。わかってはいたけど、僕と美鐘……どう見ても釣り合ってないよね？

そんなことを考えている僕のとなりで、美鐘はこぶしを振り上げる。

「よーし、どんどん行こー」

このあと僕が知ったのは、美鐘が写真好きだということだった。

撮るのも好きだけど、撮られるのも好きらしく、美鐘にスマホを渡され、チェロのモニュメントの前で二枚、銀河のモニュメントの前で二枚、出版社の前で三枚も撮らされた。

撮った写真を確認していたら、「中はこんなふうになってるんだー」と、興奮した声が聞こえてきた。

どうやら、美鐘が出版社の中に入ったらしい。

宮沢賢治の本を出版した〝光原社〟は、表から見ると、和菓子でも売ってそうな建物だけど、一部がトンネルになっていて、そこを通るとレンガの敷かれた中庭に出ることができる。複数のアンティークな建物に面した中庭に立つと、まるで、別の世界に迷いこんだよう。

美鐘はというと、口を開けた蛙《かえる》の置物の横で、大きく口を開け、真似《まね》をしている。

「ゆっきー、ほら、撮って撮って！」

「あ、うん」

美鐘のスマホを持ち上げ、カメラレンズを向ける。

いったい何枚目だろう？　本当によく撮るなぁ。

シャッターの電子音が響くと、「撮れたー？」と聞きながら、美鐘が駆け寄ってきた。

「見せて見せて！」

「こんな感じだよ」

「アハハッ、おもしろーい！」

口の前で手をパーの形に開き、楽しそうに笑っている。

美鐘は僕からスマホを受け取ると、あらためて周囲を見まわし、「ね、ここ、いい雰囲気だよね？」と言ってきた。

「なんていうかー、童話の世界に入ったみたい」

「そうだね。宮沢賢治の世界って感じがする」

「あっ、そこがカフェなの？」

美鐘が指さしたのは、木と白壁とレンガでできた可愛《かわい》らしい建物。小さな窓にはステンドグラスがはまっている。

「ああ、うん、そうだよ」

ここでお茶する計画だけど、思っていたよりずっとお洒落なお店で、僕は尻込みしている。

こんなお店に誘って大丈夫かな……？　誘って嫌がられたらどうしよう……。

考えれば考えるほど不安になっていく。

美鐘の顔を盗み見ようとしたら、予想外に目が合ってしまった。

察したのか、美鐘は中を覗《のぞ》いて「席あいてるみたいだよー」と指さした。

「えっと……」

僕は後頭部をさすり、恥ずかしさをまぎらわそうとする。

「……じゃあ……せっかくだし、入ってみようか？」

「うんっ」

ドキドキしながら扉を開けると、「わぁー、素敵なお店ー」と美鐘がささやいた。

たしかに、僕もそう思う。

レンガの壁、ステンドグラス、レトロな照明、革の椅子、静かな空気、すべてが調和し独特の世界をつくりあげている。浮いているのは、ギャルの美鐘と、陰キャの僕くらいだ。

すごく小さいお店だから、すぐに店員さんがやってくる。

「二名さまですか？」

「は……はい……」

「では、こちらへどうぞ」

僕たちが案内されたのは、奥の席だった。

すぐとなりに窓があり、怪物みたいな木や、大きな壺《つぼ》が存在感を放つ不思議な庭を眺めることができる。

コーヒーとお菓子を注文すると、美鐘はキラキラした瞳で店内を見渡した。

「ね、ゆっきーもここにくるのは初めて？」

「あ、うん。似たような店なら入ったことあるけど」

「こんなところが、他にもあるの？」

「盛岡は小さなレトロ喫茶がたくさんあることで有名なんだよ。そういうところがいいって、アメリカの新聞で紹介されたことがある」

「へぇー」

「失礼します――」

店員さんがコーヒーとお菓子を運んできた。

目の前にカップが置かれ、かぐわしい香りが漂ってくる。

「――では、ごゆっくりどうぞ」

店員さんがいなくなると、僕と美鐘はさっそくカップを手に取った。

口に含むと、かぐわしい香りが鼻から抜けていき、とても心地いい。

じっくり味わうためか、美鐘は両のまぶたを閉じ、カップをかたむけている。

一分くらいたったろうか、美鐘がゆっくり目を開き、「ねぇ」と意味ありげに見つめてきた。

「ちょっと真面目な話……してもいい？」

真面目な話？　なんだろう？

「いいけど、なに？」

「……ゆっきーはさ、ほんとうのさいわい、ってなんだと思う？」

「ほんとうのさいわい？」

たぶん、漢字で書くなら「本当の幸い」――宮沢賢治の代表作、『銀河鉄道の夜』に出てくる言葉だけど、他の作品でも似たような思想が出てくるし、賢治の生きざまにもあらわれていそうなところがあって、一作品にとどまらない、とても大きなテーマだ。

それにしても――

僕は驚きをもって美鐘を見つめた。

軽そうに見えるのに、ときどき深いところに切りこんでくる。あの輝く瞳の奥で、いったいなにを考えてるんだろう。

「どうして、そんなこと聞いてくるの？」

「気になるから」

ノーテンキなこたえに、「まぁ、それはそうだろうけどさ」と、僕は苦笑いを返した。

その先が知りたいから、聞いたんだけど。

説明が十分じゃなかったと気づいたのか、美鐘はちょっと考え、ふたたび口を開く。

「だって、人の命はかぎりあるものでしょ？　ミヤケンは、病気にかかって三七で亡《な》くなったんだよね？　わたしだっていつ死ぬかわからないもん。五〇年後かもしれないし、一〇年後かもしれないし、来年かもしれない。わたしは、たとえ短い人生だとしても、病院の天井を見ながら、ああ、無意味な人生だった、なんて泣きたくない。幸せだったって笑って死にたい。だから、幸せになれる方法をずっと探してる」

なんだか変わった考えかただなと思った。

もちろん僕もいつかは死ぬだろうけど、それはずーっと先のことだ。日常の中で死を意識したことなんてないし、死を前提にした幸せなんて考えてない。

でも、美鐘《みかね》の眼差《まなざ》しは真剣そのもの。冗談で言ってるわけじゃなさそうだ。

本気で話さなきゃいけないと思い、カップを置く。

「……美鐘も読んだから知ってると思うけど、『銀河鉄道の夜』には『さいわい』って言葉が何度も出てくるよ。最初に出てくるのは……たしか、カンパネルラのセリフ。母のさいわいのためならなんでもするけど、なにが母のさいわいなのかはわからない、って内容だったと思う。次に出てくるのは鳥捕りのシーンかな？　主人公のジョバンニが、憐《あわ》れな鳥捕りに対して、この人のさいわいのためなら、代わりに鳥を一〇〇年捕り続けてもかまわない、って思う描写」

「サソリの話にも出てくるよね？　死にそうになったサソリが、こんなふうに死ぬくらいなら、誰かに食べられてあげればよかった。どうかこの体を、みんなのさいわいのために使ってください、って神さまに祈る話。あのあとサソリは、火に包まれて世界を照らす光になったんだよね」

「うん……」

空気がしんみりする。

「……ミヤケンは、自己犠牲がほんとうのさいわいだって言いたかったのかな？」

「いや――」

僕は首を横に振った。

「たしかに、『銀河鉄道の夜』では、大切なもののために死ぬことが美しく描かれてるよ。でも、それは自己犠牲とは少し違うと思う」

「どう違うの？」

「自己犠牲っていうのは、人のためにしかたなく自分を犠牲にすることだよね？『銀河鉄道の夜』に出てくるキャラクターは、自分の命より大切だと、心の底から思えるものを見つけられたんだと思う。だから、嫌々犠牲になったんじゃなく、自分が心の底から幸せを感じるために、命をささげたんだと思うよ」

「……言われてみれば……誰だって自分の命が一番大切だよね？　それより大切だって心の底から思えるものを見つけられたら、それは本当に幸せなことかも。じゃあ、それを見つけることが、ほんとうのさいわい？」

「それも違うかな。そうして死んだカンパネルラも、同じようにした船の乗客も、天上には行けたけど、それより先には行けなかった。ほんとうのさいわいは、きっとその先にあるんだと思う。主人公のジョバンニだけは、唯一生きてたから、どこまでも行ける特別な切符を持ってた。ジョバンニだけは、ほんとうのさいわいを探すため、旅を続けることができたんだ」

「……つまり、こたえは出てないってこと？」

「うん、『銀河鉄道の夜』が難解だって言われるのは、明確なこたえがないからかもしれないね。宮沢賢治は、ほんとうのさいわいがなんなのか？　僕たちひとりひとりに、自分で考えて欲しかったんだと思う」

「なるほどねー」

美鐘は考えこむように頰杖《ほおづえ》をつき、コーヒーをすすった。

しばらくそうしていたけど、視界になにか入ったのか、急に身を乗り出し、窓の外をじぃーっと見つめた。

なにが起こったのかわからず、僕はまばたきしている。

「どうかした？」

「うーん、なんか今、あの木の向こうに変なものがいたようなー」

「変なもの？」

「影だけだけど、帽子をかぶった猫の形だった」

「それって――」

まるで、宮沢賢治が描く童話の世界だけど、そんなファンタジックなこと、起こるわけない。

窓のほうに半信半疑な眼差しを向ける。

「……どこ？　どこにいるの？」

「うーん、見間違いだったみたい」

「見間違い？」

「ほら、あの木の陰で枯れ葉が揺れてるでしょ？　たぶん、あれを見間違ったんだと思う。ここ、童話っぽい雰囲気あるから、そのせいかも」

「ああ、まぁ、そうだよね……」

目を見合わせ、ふたりでフッと笑う。

僕がふたたびコーヒーをすると、美鐘は体を前に倒し、ゆっくり顔を近づけてきた。

おもしろがるようなヒソヒソ声で、

「ところでさ、わたしたち、どんなふうに見えてるかな？　兄妹《きょうだい》？　友達？　それとも……カップル？」

「ブフッ」

危うくコーヒーを噴くところだった。

ゴホゴホゴホッ……。

咳《せ》きこんでいる僕を見ながら、「やっぱりー」と美鐘がつぶやいている。

「ゆっきーってさ、女の子とふたりでいるの、慣れてないよね？」

うっ……。

「た、たしかに……慣れてないよ。僕はその、美鐘とは違うから……」

「えー？　なにそれ？　わたしが慣れてるって思ってるの？　なんで？」

「いや、だって……すごく落ち着いてるよね？　僕は緊張してるのに……」

「ふーん」

不本意そうに口を曲げた。

あれ？　東京からきたギャルだし、美人でモテるから、こういうことはたくさんあったと思うけど。まさか、違ったのかな？

美鐘は注意するように、人さし指を向けてくる。

「隠すのがうまいだけかもしれないよ。実はすっごいドキドキしてるのかも」

「え？　そうなの？」

「さーて」

指を立て、ニィッと笑う。

「どうかなぁー？　まぁ、いっしょにいれば、そのうちわかるよ」

「…………」

なんだろう？　これ以上ないくらい、わかりやすそうな外見なのに、話してみるとぜんぜんわからない。本当はどっち？　ソワソワして落ち着かない。

僕は苦い表情でコーヒーを飲み干し、カップを置いた。

「……そろそろ行こうか？」

「うん、次はどこに行くの？」

「それが、実は迷ってる……。ここまでは決めてたけど、この先は、流れにまかせようと思ってたから。近くで観光するなら……石割桜、盛岡城なんかが定番だね。宮沢賢治に関するところなら、賢治と啄木の青春館かな。食べたいなら、冷麺、じゃじゃ麺、わんこそば、小岩井牧場、最近はレトロ喫茶めぐりをする人もいるらしいよ」

「全部行きたーい」

「え？　全部？」

時間もお金も絶対に足りない。

「それはちょっと……」

「それじゃ、近くのとこから行かない？　まずは、えっと……学割桜」

「石割桜ね」

◆

まずは〝石割桜〟って話だったけど、店を出てすぐ計画は変更になった。

コーヒーを飲んでるあいだに一五時をまわっていたらしく、通りは歩行者天国になっていた。出店がたくさん並び、元気な売り声が飛び交っている。静かだった昼間とは、様子がまるで違う。

「ゆっきー、これ、なにっ？　お祭り？」

美鐘のテンションも上がってるみたいだ。

「よ市だよ。毎週土曜のこの時間になると開かれるんだ」

「毎週お祭りやってるってこと？」

「えーっと、お祭りじゃなくて市なんだけど。まぁ、出店も多いし、お酒を飲んでる人がいるし、小さなイベントがあったりするから、お祭りみたいなものかな。でも、さすがに冬はやってないよ。春から秋のあいだやってる」

「すごーい！　端から見ていい？」

「あ、うん、いいよ」

よ市では、地酒や地ビール、地元の野菜、盛岡の特産品など、いろいろなものが売られている。ワンハンドフードも多く食べ歩きできて楽しい。ちなみに僕は〝揚げ団子〟を食べてみた。串に刺さった団子に衣をつけて揚げたもので、黒糖きなこパウダーがかかっていて、すごく香ばしかった。

ひととおり見終わり、「じゃあ、そろそろ次に行こうか？」と振り返ると、美鐘が街路樹に寄りかかっていた。

僕は眉をひそめる。

「……どうかした？」

「……ごめん。わたし、今日はもう無理かも……」

「え？」

目が点になった。

美鐘の口から出てくるのは、かすれるような声。

「……ちょっと、はしゃぎすぎたかな……。急に疲れがきちゃって、動けない……」

「…………」

たしかにけっこう歩いたけど、動けなくなるような距離じゃないはず。僕の感覚がおかしいのかな。もしかして、東京の人ってみんなこんな感じなの？　まさか、そんなわけないよね。

最初は半信半疑だったけど、震える美鐘《みかね》の足を見て焦《あせ》りだした。

フラフラしている美鐘を支え、近くのベンチに座らせる。

美鐘はひたいに手をあて、顔を上に向けた。

「……一〇分くらい休めば……たぶん歩けるくらいにはなると思う。でも、石割桜は……無理かな。せっかく連れてきてくれたのに……」

「そ、そんなこと、気にしなくていいよ」

肌は青白く、心なしか呼吸も苦しそうに見える。いっこくも早く帰らせたほうがよさそうだ。

「美鐘は松園に住んでるんだよね？　どうやって帰る？　タクシー呼ぶ？」

「……ちょっと休めば、バスで帰れる……。このへんにバス停あるかな……？」

「近くにあるよ。ちょうどいいバスがあるか調べてみるね」

きっと大丈夫。松園には「松園バスターミナル」があるから、ここからのアクセスはいいはずだ。

ポケットからスマホを出して〝盛岡バス予報〟というウェブページを開いた。

条件を入力して検索してみると、松園バスターミナル行のバスが、三〇分後にくることがわかった。さっき美鐘は一〇分くらい休めば……って言ってたから、このバスがちょうどよさそうだ。

「これでどう？」

スマホの画面を見せてやると、わずかにうなずき苦しそうに笑った。

「それにする。ありがと。明日は大丈夫だと思うけど……もしダメなら、朝までに電話するね……」

「うん、無理はしないで」

それから二〇分くらい、僕と美鐘は座って休み、ゆっくり自転車を押しながら、近くのバス停に向かった。

第三章◆熱

花巻駅の正面に立ってる僕は、昨日とは違う不安を抱えていた。

大丈夫だったかな？　中止って連絡はなかったから、回復したんだと思うけど。

念のため、ＬＩＮＥで聞こうかとも考えた。

でもやっぱり、慣れてないのがバレるのは怖いから、送らなかった。

「はぁー」

ため息をついた。

今日は昨日と違って、駅周辺をまわるわけじゃないから、タクシーか、バスか、レンタルサイクルか、なにか使わないと。タクシーはお金がかかるし、自転車だと距離があるから、やっぱりバスかな。

まぁ、でも――

気分を切り替え、澄みきった空を見上げる。

花巻は、宮沢賢治の生まれ故郷だ。

僕にとっては聖地といってもいい。そこを美鐘と見てまわるのは、すごく楽しみ。

ブッブー！

ん？

クラクションが聞こえ、僕は横を向いた。

「あれ？　あの車、どこかで……」

ロータリーにとまっていたのは、見覚えのあるピンクのコンパクトカー。フロントガラス越しに女性がふたり、手を振っている。

「あっ！」

美鐘と……春芽久《はるめく》先生だ……。

窓から頭を出し、「早く乗りなよー」と美鐘が言ってくる。

え？　乗りなよ？

「早く早くー」

どういう状況なのか、さっぱりわからない。でも僕は、言われるがまま走り寄り、後部座席に乗りこんだ。

「よーし、それじゃあ出発」

先生が言い、ゆっくり車が動きだした。

ロータリーを出ると、美鐘がシートのあいだからこっちを見てくる。

「ゆっきー、ぼーっとしすぎー。あんなに手振ってたのにぃ、ぜんぜん気づかないんだもん」

「ご、ごめん……。それより……体調は？　大丈夫だった？」

「うん！　ちょっと疲れただけだから、帰って寝たら回復したよ。今日はほら、元気いっぱい」

「そうなんだ……」

横で聞いていた春芽久先生が、「へぇ、渋沢《しぶさわ》さん、ゆっきーって呼んでるんだー」と会話に入ってくる。

「遠谷《とおや》くんは、渋沢さんのこと、なんて呼んでるの？」

「……え、えっと……そのぉ……」

すぐこたえればよかったのに、躊躇《ちゅうちょ》してしまったことで余計に恥ずかしくなってきた。

膝の上で指をもじもじ動かしながら、

「僕は……美鐘って……呼んでますけど……」

「わ、下の名前！　へぇー」

探るような眼差《まなざ》しを、バックミラー越しに向けてきた。

僕は逃げるように視線を外し、話の方向を変えようとする。

「あ、あの、どうして先生が？」

「もちろん、顧問だからよ」

顧問だから？　ま、まぁ、たしかに……春芽久先生は文芸部の顧問だけど。

助けを求めるように美鐘のほうを向くと、察したのか、説明してくれる。

「花巻をまわるのって大変でしょ？　だーかーらー、先生に電話して、車出してもらったの」

「そうそう」

先生がうなずいた。

「昨日の夜、渋沢さんから電話があってねー。私も文芸部の顧問として、なにをすればいいんだろうって悩んでたから、ちょうどよかったわ」

「……そう、だったんですか」

さすが陽キャのギャル。先生に車を出させるなんて、僕とは行動力が違う。

「渋沢さんから聞いたけど、ふたりで、『ほんとうのさいわい』を探してるのよね？　ちゃんと見つかるかわからないけど、とりあえず、宮沢賢治記念館でいい？」

ええええっ？

僕らって「ほんとうのさいわい」を探してるの？　宮沢賢治を調べるって口実で、岩手観光してるんじゃないの？

「はい！　お願いしまーす！」

美鐘が元気にこたえた。

春芽久先生が入ったことで、昨日とは違う雰囲気になった。

女性ふたりは、途切れることなくキャッキャと話し続けている。

肌のツヤとか、まつげの形とか、リップのメーカーとか聞こえるから、たぶん化粧関係の話だと思う。僕はぜんぜんわからないから、緑豊かな林道の風景を眺めている。寂しさとか、居心地の悪さは感じてない。僕はひとりの時間が好きだし、いつもだいたいこういうポジションだ。

ここが花巻か……。宮沢賢治も……同じ景色を見てたんだろうか？

小さいころ、両親に連れられてきたはずだけど、あまり覚えていない。

ぼんやりしていたら、ふたりの会話から「文理希望」という単語が聞こえ、ギクッとした。いつのまにか、学校のことに話題が移っていたらしい。

「そういえば、遠谷くんもまだ出してなかったわよね？」

春芽久先生が話を振ってきた。

「はっ、はい！」

返事の声量が変だったからか、女性ふたりがフフッと笑う。

「急に話しかけてごめんなさいねー。渋沢さんから、文系クラスがいいか、理系クラスがいいか相談されたの。遠谷くんはもう決めた？」

「い、いや……その……」

指をいじりながら、目をキョロキョロさせる。

「……まだ、ちゃんと決めてないですけど……本が好きなので、文系かなって……」

「なるほどねー」

「むむぅ……ゆっきー文系かぁ」

美鐘が難しそうに腕を組んだ。

もしかして理系なんだろうか？

聞いてみると、「たぶん理系かなー」という言葉が返ってきた。

「最近わたし、みはるんいいなって思ってるんだよねー」

「みはるん？　お天気キャスターの？」

「そうそう！　こっちにきて初めて知ったんだけど可愛《かわい》くない？」

「ああ――」

みはるんというのは、岩手の地方局〝岩手めんこいテレビ〟に出てくるお天気キャスターだ。ちゃんとした知識があって予報を外さないのはもちろん、着ている服が個性的で、地元のショッピングモールには、「みはるんの服」という専用コーナーまである。岩手じゃ知らない人はいないほどの有名人だ。

「つまり……気象予報士になりたいってこと……？」

「うん！　わたしはお天気ギャルになりたい！」

お、お天気ギャル……？

よくわからない単語が出てきたけど、なりたいものがあるのは素直にうらやましい。

僕なんて……もし文系に進んだら美鐘《みかね》と離れちゃうな、なんて、小さいことしか考えられない。そんな自分がとても情けない。

不安な瞳で外を見たとき、春芽久先生がウィンカーをつけてハンドルを右に回した。

僕らを乗せた車は、急な坂をのぼっていく。

坂の上にあったのは、見晴らしのいい駐車場――大きな〝宮沢賢治記念館〟という看板が、僕たちを迎えてくれている。僕と美鐘が降りると、春芽久先生がドアを開け、「それじゃ、なにかあったら電話してねー」と言いながらアスファルトに片足をつけた。

「えー？」

非難めいた声は美鐘のもの。

「先生はいっしょに行かないんですか？」

「行きたいけど、私は事務仕事をやらなきゃいけないのよ。明日中に提出って言われてるから、早めにやっておくわ」

小脇に抱えたパソコンバッグを叩《たた》いている。

休日なのに、仕事をしなきゃいけないらしい。

「どこで仕事するんですか？」

僕が聞くと、「あそこよ」と言いながら、三角屋根の不思議な建物を顎でさした。

あれは……。

「ゆっきーっ、山猫軒って書いてあるよ！　山猫軒って、『注文の多い料理店』に出てくるレストランだよねっ？」

「ああ、うん、そうだよ」

美鐘はなにか思いついた顔になると、急にワルっぽい表情になり、指をワキワキ動かしながら先生に近づいていく。

「先生《せんせ》ぇー……あそこに行ったら危ないですよー。いろいろ注文されてぇー、気づいたら食べられちゃうんですからー。ということで、仕事は忘れてわたしたちと――」

「もう遅いわ」

ため息まじりの声。

生気のない瞳で遠くを見つめて、

「……先生はね、仕事に人生のほとんどを食べられちゃったの……。注文の多い上司のせいで……」

「………………」

「………………」

悲愴《ひそう》感がすごすぎる。僕も美鐘も、なにも言えない。

◆

「へぇー、さすが宮沢賢治記念館だねー」

ガラスケースに収められた手書きの原稿を見ながら、美鐘がつぶやいている。

僕の感想も美鐘と同じ。すごく胸が高鳴っている。

今、僕が見ているのは、賢治の人間関係や、当時の時代背景をまとめたパネル。驚くことに、多くの資料が撮影ＯＫらしい。

それならと思い、スマホを取り出した。

レンズを向け、シャッターボタンを押そうとしたら――

「イエーイ！」

Ｖサインの美鐘が入ってきた。

あらためて撮ろうとしても、右に向ければ右にまわって入ってくるし、左に向けても入ってくる。上に向けても、ぴょんぴょん跳んで入ってくる。すごく、邪魔……。

「あ、あの、これじゃ撮れないんだけど」

「エヘヘ」

片目をつむって舌を出し、自分の頭を撫《な》でている。

まぁ別にいいけど、なんでそんなに写りたいんだろ？

ちょっと僕には理解できない。

「あっ、見て！」

美鐘が叫び、展示されてるディスプレイに向かって歩いていく。

「ゆっきー、これ、『雨ニモマケズ』だよね？　この詩、ミヤケンが書いたの？」

「ああ、うん」

雨ニモマケズ
風ニモマケズ
雪ニモ夏ノ暑サニモマケヌ

という超有名な冒頭からはじまり――

ヒドリノトキハナミダヲナガシ
サムサノナツハオロオロアルキ
ミンナニデクノボートヨバレ
ホメラレモセズ
クニモサレズ
サウイフモノニ
ワタシハナリタイ

――と終わるこの詩は、宮沢賢治の代表作だ。

ちなみにこれは、作品として発表されたものじゃなく、賢治の死後、手帳の中から見つかったものらしい。

「わたし、全文見るの初めてかも。こんなに長い詩だったんだ」

「うん、冒頭は誰でも知ってるけど、全文は知らない人が多いかもね」

「なんか、カタカナ多い……」

「まぁ、そういう時代だから……。でもそれが、独特の雰囲気を出してていいと思う」

「たしかに……」

美鐘は真剣な表情で読み、僕のほうに顔を向けた。

「……最後の部分って、そういうものに私はなりたい、っていう意味であってる？」

「ああ、うん、あってるよ。この詩には、丈夫な体をもってみんなのために生きたい、っていう宮沢賢治の想《おも》いがこめられてるんだと思う」

「へぇー」

感慨深げにうなずき、なにかに気づいたのか、「あっ」と声を発した。

「ねぇゆっきー、そこのしおり、もらっていいみたいだよ」

「しおり？」

美鐘が指さしているのは、展示の横、小さな丸テーブルの上。

見ると、「ご自由にお取りください」と書かれたプレートと、幻想的な色合いのしおりが置かれていた。

「へぇー」

一枚手に取ってみる。

上に紫色の紐《ひも》がついた縦長の「しおり」だ。表には、『雨ニモマケズ』の詩が書かれ、裏の四角い枠の上には、「あなたもなりたい自分を書いてみましょう」と書かれていた。

「わぁ、おもしろそうだね！　わたし、お天気ギャルになりたいって書こうかな。ゆっきーはなんて書くの？」

「ぼ、僕は……その……」

表情を曇らせ、うつむいた。

田沼《たぬま》には、国家資格を取って個人事務所を開くという夢があるし、音澄《おとずみ》には、プログラミングを勉強してゲームをつくるという夢がある。美鐘にだって、お天気ギャルになるという夢がある。

でも、僕にはない。

「……う、うーん……」

「もしかして……ゆっきーには、なりたいものがないの？」

「……実はそう……。本が好きだから文系に進む、くらいしかなくて……」

「そうなんだー」

「やっぱり、なにかないとダメだよね……」

「そんなことないってー」

美鐘はひらひらと手を振った。

「焦《あせ》って決めるものじゃないし、そのうちきっと見つかるよ。最初のパネルに書いてあったけど、ミヤケンだって、けっこう迷ってたんでしょ？」

「ああ……」

美鐘の言うとおりだ。

宮沢賢治は質屋の長男で、家業を継ぐよう言われてたけど、貧しい人たちに厳しくすることができず、何度も父とぶつかったんだとか。農学を勉強して一度は教師になるも、童話を書いてみたり、詩を書いてみたり、人工宝石をつくろうとしてみたり、農業をやってみたり、なかなか方向がさだまらず、悩んでいたらしい。

尊敬する宮沢賢治もそうだったと思うと、気持ちが楽になってくる。

「……ありがとう。たしかに焦って決めるものじゃないと思う。自分がなにになりたいのか、もっとゆっくり考えてみるよ」

「考えたら教えてね」

「うんっ」

記念館をひととおり見た僕たちは、周辺にある小道を少しだけ散歩し、春芽久《はるめく》先生のいる〝山猫軒〟に入った。

「あれ？　先生いないのかな？」

僕がキョロキョロしていたら、「いるよー。ほら、あそこ」と美鐘《みかね》が奥を指さした。

「あ、ほんとだ」

「先生、疲れてるみたいだねー」

先生は景色のいい窓際《まどぎわ》の席にいて、テーブルに置かれたＰＣの上に突っ伏していた。

僕たちが近づいていくと、気配を感じたのか、顔を上げる。

「あー、ふたりともきたのね。どう？　ほんとうのさいわいは見つかった？」

げっそりとやつれている。

「い、いえ、ヒントはあったと思いますけど、さすがにそう簡単には……」

僕がこたえると、先生は「ああ、そうなの」と言いながら上半身を起こした。

片手で自分の肩を揉《も》みながら、

「それは残念だったけど、次に行くところで、きっとこたえを得られるわ」

えっ？

ほんとうのさいわいが見つかるってこと？　どこかに行ったからって、そうそう見つかるものじゃないと思うけど。

驚いている僕の横で、「本当ですか！　じゃあ行きましょう！」と美鐘が目を輝かせている。

「そうね。私もやっと仕事が終わったし、ほんとうのさいわいを探しに行くわよ」

信じられない……。いったい、どこに連れて行く気だろう？

◆

「さぁ着いたわ！　ここよ！」

「こ、ここって……」

「やったー、温泉だー」

そう、ここは〝花巻温泉郷〟。

長い歴史を感じる旅館の入口に、僕たちは立っている。

どこに行くのかと思ってたら、温泉宿？　でも、なんで？

「あ、あの、先生……僕、ちょっとわかってないんですけど、ほんとうのさいわいが見つかる場所って、ここで合ってますか？」

「ええ、合ってるわ」

しみじみとうなずいた。

「毎日毎日仕事に追われ、ただ月日だけがすぎていく……。心も体も……もうボロボロ……。そんな私を癒《いや》してくれる場所といったら、この温泉くらい。きっとここに、ほんとうのさいわいがあるはずよ」

うーん……。

僕はゆっくり首をかたむけていく。

それって自分が入りたいだけなんじゃ？　まぁでも、ここは宮沢賢治ゆかりの地だ。

学生のころの賢治が、湯をくみ上げる水車を壊してしまった話とか、教師になってから、生徒たちと訪れた話なんかを聞いたことがある。となると、ここにきたのは、それほど間違ってないのかもしれない。

ひとりで考えていたら、「どうしたのー？　早くこないと置いてくよー」という美鐘の声が聞こえてきた。

ハッと我に返り、歩くより少し速いペースで追いかける。

それにしても、本当に歴史を感じる旅館だ。

ややくすんだ白壁、黒ずんだ木の柱、黄色っぽい光を発する電球、紅色の絨毯《じゅうたん》。眺めていると、なんだかノスタルジックな気分になる。

玄関で靴を脱ぎ、「ごめん」と言いながら、美鐘の横に並ぶと、「ゆっきータオル持ってないよね？　入浴は八〇〇円だけど、タオル借りるならプラス一〇〇円だって」と教えてくれた。

「そうなんだ。あの、ここのお金って——」

「もちろん文芸部の部費でいいわ」

春芽久先生が親指を立てた。

この人、思ってたよりてきとーな人なのかも……。

「はぁー、いい湯だなー」

あれから一〇分後、僕は頭の上にタオルをのせ、露天風呂《ろてんぶろ》につかっていた。

夕日に染まる湯気、渓流のせせらぎ、独特の香り、すべてが心地いい……。

あの宮沢賢治も、こうして湯につかって心を休めてたのかな。もしかすると、ここで作品の構想を練ってたのかも。

ちなみにここの旅館は、浴場がたくさんあり、すべて源泉かけ流しらしい。たくさんあって分散するからか、この露天風呂に入ってるのは僕だけ。ひとりでゆっくり楽しめるというのは気分がいい。

「ふぅー」

長い息を吐きながら、肩に湯をかける。

しばらく湯につかっていたら、突然、どうと風が吹き、屋根はごどごど、木々はざわんざわんと揺れはじめた。

あれ？　今——

風で暴れる湯気の向こう、夜のとばりの下あたりに、空飛ぶ長い影が見えたような……。

まさか、銀河鉄道？

水しぶきを上げて立ち上がり、じっと目を凝らす。

が、遠くに鳥がいるだけで、汽車の影はどこにもない。

……見間違いだった？

昨日の美鐘と同じ、非日常的な空気にあてられ、現実にはないものを見ちゃったのかもしれない。

「わぁ、ここ景色いいー。先生、早く早くっ」

「本当ねー」

あれ？　この声。

女湯のほうから、聞き覚えのある声が響いてきた。

間違いない。美鐘と春芽久先生だ。

見えてないのはわかってるけど、なんとなく立ってるのが恥ずかしくなり、僕は静かに湯につかる。そのまま息をひそめていたら、竹でつくられた仕切りの向こうから、こんな会話が聞こえてきた。

「はぁー……疲れた体にしみるわー。これぞ、ほんとうのさいわいね！」

「ですねー。ほんとうのさいわい、こんなところにあったなんて」

いや、絶対違うから！　そんな簡単に見つかるものじゃないから！

声に出してツッコみたい。

でも、僕がいると知られたくないから、ぐっと我慢する。

いっぽうふたりは楽しそうに、温泉の効能とか、スキンケアの話をしている。

「ところで先生って――」

突然、美鐘が話題を変えた。

「指輪してないですよね？　独身ですか？」

「そうなのよー」

先生の声が大きくなった。

「もうすぐ三〇になるのに。はぁー焦るわ」

「見えないですよぉー。彼氏とかいないんですか？」

「いないわねー。もう四年も前になるかしら。結婚直前までいった男、ちょっと平凡っていうか、つまらないなーって思って、自分から切っちゃったのよね」

よりにもよって恋バナ。盗み聞きしてる気分だけど、このまま聞いてていいんだろうか。うしろめたさを感じるものの、興味のほうがまさり、つい聞き耳をたててしまう。

「えーっ？　なんで切っちゃったんですかー？」

「うーん、あのころは、私もまだまだいける！　もっといい男と結婚できる！　って思ってたのよね。でも、それからも何人か付き合ってみたけど、どんどんレベルが下がっていって、今じゃ彼氏なし」

「体育の守山《もりやま》先生よくないですか？　歳《とし》も近そう」

「守山先生は彼女いるわ……。七つ年下の彼女がね……」

「えー？　知らなかった！」

「はぁー……どこかにいないかしら。私のほんとうのさいわい……」

「見つかるといいですねー。先生のほんとうのさいわい」

どうでもいいけど、この人たち、「ほんとうのさいわい」って言葉をてきとーに使いすぎじゃない？　春芽久先生って国語の先生のはずなのに、宮沢賢治読んでないの？

「それはそうと――」

先生の声が、おちょくるような調子に変わった。

「渋沢《しぶさわ》さんはいないのー？」

僕はハッとして、竹でつくられた仕切りのほうに目をやる。

こ、これって……彼氏はいるの？　って質問だよね？

たぶん美鐘も気づいてる。気づいているけど、「なんのことですかぁ？」と、とぼけている。

「もうっ、彼氏はいないの？　って意味よ。渋沢さんなら、いてもおかしくないわ」

「えー？　彼氏ですかー？」

「うんうん」

どうなんだろう……。

僕は、いないとこたえて欲しいし、たぶん、いないと思っている。

美鐘《みかね》が岩手にきてから、まだ何日もたってないはず。そのあいだに彼氏ができたとは考えにくい。いるとしたら……東京の人だ。

「彼氏はいないです」

いないんだ！

僕は胸をなでおろした。

が、すぐに先生が「いいと思う人は？」とたたみかけ、僕はまた緊張する。

「好きな人ってことですか？」

「そうそう」

「うーん……」

なにその反応？　いるってこと？

正直、いる、と言われても、いない、と言われても僕は落ちこむ気がする。

仮にいるとして、それが僕のはずがないし、いないとなれば……こんなに近くにいる僕は、すでに範囲外ということに……。

聞きたくない。でも気になる。

ふたりに聞こえないか心配するほど、僕の心音が大きくなっていく。

「秘密でーす」

「えー？」

……え？

美鐘はこたえをはぐらかした。

ちょっとガッカリしたものの、心の一部は安心している。

「むむむ、秘密なのね。残念……」

先生は本気でガッカリした様子。でも、それ以上は聞かなかった。

「ずいぶん入ってたから暑くなってきたわ。私、先にあがろうかしら。渋沢さんは？」

「まだ大丈夫なんで、もうちょっと入ってます」

「それじゃ、ロビーにいるわね」

湯からあがる音。

春芽久《はるめく》先生が出た？　僕も出ようかな。

そう思ったとき、遠慮がちな声量の「ゆっきー、いるー？」という声が届いてきた。

女湯から呼ばれ、僕はびっくり。これ、こたえるべき？　無視したほうがいい？

まわりにお客がいるなら、迷惑になるからこたえられない。でも、男湯には僕しかないし、美鐘もひとりみたいだ。

恐る恐る「い、いるよー」とこたえたら、「あっ」という声に続いて「こっちは独身だけど、そっちも独身？」という謎めいた言葉が返ってきた。

僕は首をひねる。

高校生なんだから、独身なのはあたりまえのはずなのに。なんで、わざわざそんなことを？

少し考え、ひらめいた。

たぶん美鐘は、女湯はひとりだけど男湯もひとりなの？　って聞きたいんだ。もしこっちにお客がいた場合、直接的な言葉で聞くと、いづらくさせて悪いから、わざわざわかりにくい表現を使ったんだと思う。

「うん、こっちも、ひとりだよ」

「そうなんだ！」

安心したのか、声量が大きくなる。

「ここ、景色がよくていいところだねー」

「ああ、うん」

「ねぇ、ゆっきー」

「ん？」

「さっきの話、聞いてたでしょ？」

「いっ、いや！　僕は別にっ、盗み聞きしてたわけじゃ――」

「やっぱり聞いてたんだー」

「だから違――」

「ねぇ、ゆっきー」

「へ？」

「わたし今、裸だよー」

「――っ！」

そんなの百も承知だけど、言葉にされると破壊力がすごい。体の内部がカッカと熱くなってくる。

「だっ、だからなにっ？」

「想像したー？」

「するわけないよ！」

「えー？」

わかった！　あのギャルは、僕をおちょくって遊んでるんだ！

僕は今まで甘すぎたのかもしれない。たまには反撃したり、やりこめたりしないと、どんどんあのギャルを調子にのせてしまう。今度なにか言ってきたら、ちょっとでもいいからやり返そう。

「ねぇ、ゆっきー」

きた！

「今度はなにっ？」

「ありがとねー。ゆっきーのおかげで昨日も今日もすっごく楽しかったー」

「――っ！」

からかってくるのを待ち構えてたら素直にお礼を言われてしまった。美鐘のこういうところが、すごくやりづらい。うれしいような悔しいような、謎の敗北感を味わっている。

僕は隠れるように口まで湯につかると、ブクブクブクと蟹《かに》みたいに泡を吐いた。

「それじゃ、ゆっきー、わたし、そろそろ出るから」

「……うん」

「またねー」

「……うん」

美鐘が出ていく音を確認したのち、僕はお湯から肩を出し、「はぁー」と息をついた。

全身の火照《ほて》りを冷まそうと、お湯から出て湯舟の縁に腰かける。

それからしばらく、冷涼な風があたってたけど、奇妙なことに、ぜんぜん火照りは冷めてくれない。どうしてかと考え、ふと思った。

これって恋？　僕……美鐘のことが好きなのかな？

きっとそうだ。胸から湧き上がるこの熱は、温泉のものじゃない。

ゆっくり右手を上げ、そっと胸にあてた。

第四章◆メニューの多いコッペパン店

「トーヤ！　どういうことだよ？　ちゃんと説明しろよー」

翌日の昼休み、僕は音澄《おとずみ》に激しく問いただされていた。

朝からずっとこの調子。これじゃあ、落ち着いてごはんも食べられない。

「……だ、だからさ、何度も言ってるように、部活の一環で岩手を案内しただけなんだよ……」

「部活でこんなツーショット撮るかっ？」

うっ……。

音澄のスマホにうつっているのは、僕と美鐘が、賢治像のほっぺをつんつんしている写真。僕も今日知ったけど、土曜の夜、美鐘がＳＮＳに投稿したらしい。いちおう僕の写真には顔隠しのスタンプが押されてるけど、知ってる人が見れば、すぐに僕だとわかる。

正直、この写真を出されるとキツイ。

無理な理屈だと思いながらも、僕はこうこたえる。

「ツーショットじゃないから……。それ、宮沢賢治と撮った三人の写真だから……」

「そんなの通るかよ！」

「まぁまぁ、落ち着け――」

牛乳パック片手の田沼《たぬま》がなだめた。

「いいじゃないか。女っ気のなかったトーヤに、ようやく春がきたんだ。といっても、まだ付き合ってるわけじゃないんだろう？」

「う、うん……」

僕はおずおずとうなずいた。

目線を少し下げ、小声でこたえる。

「……付き合ってないし……そうなるわけないよ……」

さすが田沼。こたえづらいことをズバッと聞いてくる。

「付き合いたいと思ってるのか？」

僕はふたりの顔を交互に見る。

……このふたりに、打ち明けていいんだろうか。

このふたりは信頼できる。でも、陰キャの僕が、クラスで一番人気のギャルと付き合いたいなんて言ったら、さすがに呆《あき》れるんじゃないかな。

「い、いや……僕は――」

否定しようとしたら、「隠すのは水くさいぞ」と田沼が先回りした。

「俺たちは友達だ。笑ったりしない。正直に話してみろ」

「おうそうだ。友達だぞー」

「…………」

たしかに、田沼も音澄も、僕の大切な友達だ。言いづらい話だからこそ、このふたりに言ったほうがいいのかもしれない。

消えそうな声で「……付き合えたらいいなって……思ってるけど……」と言ったら、ふたりはちょっと驚いた感じで、目を見合わせた。

田沼が口角を上げ、ひらひらと片手を振る。

「風《ふう》、そういうことだ。友達としてここは応援してやろう」

「まぁ、トーヤがそう言うならしょうがないかー」

「うむ。それに風、おまえ、コピ研の部長と楽しくやってるんだろ?」

「まぁたしかに。夏見《なつみ》先輩とは仲いいよ。趣味も合うし、よく見ると美人で胸もでかい。でも……渋美《しぶみ》ちゃんとくらべたら……」

「くらべるもんじゃないぞ。自分に合うかどうかが重要なんだ」

その言葉、僕にも刺さったんだけど。

無意識に目線をスライドさせる。

視界に入ったのは、机に座って足を組み、女子たちの輪の中心で楽しそうにおしゃべりしている美鐘《みかね》の姿。なにか冗談でも言ったのか、美鐘がふざけた顔で舌を出すと、まわりの女子たちがドッと沸いた。

やっぱり、陰キャの僕とは住んでる世界が違う。まさしく高嶺《たかね》の花だ。

放課後、部室のドアを開けると、「ゆっきー、おそーい」という声が僕を迎えた。

見ると、美鐘が本棚の前に立っている。

右手の上には開いた状態の本。どうやら気になる本をためし読みしていたようだ。

「部長なのに、副部長のわたしより遅いってどういうことー？」

昼休みにあんな話をしてたから、なんだか気まずい。まともに目を見られない。

僕は小声でごにょごにょ謝りながら鞄《かばん》を置き、美鐘の手元に目を向けた。

「……ああ、それ、『アラムハラド』だよね？　宮沢賢治の……」

「うん、土日にいろいろ見て、ほんとうのさいわいについて話したでしょ？　ネットで調べたら、この物語にもそういうことが書いてあるって見たから、読んでみようと思って」

「そうなんだ」

『アラムハラド』──正確には、『学者アラムハラドの見た着物』という短編小説だ。未完の作品だっていうのは知ってるけど、僕はまだ読んだことがない。それに関しては先をこされちゃったな。

美鐘は本を窓際《まどぎわ》の丸テーブルに置いた。

座って読みはじめる──かと思ったら、立ったままこっちを見てくる。

「ところでゆっきー、今、ちょっと話せない？」

「……え？」

「聞きたいことがあるんだよねー」

……聞きたいこと？　ま、まさか、昼休みに話してたことが漏れたんじゃ？

ツーッと背筋に冷たい汗がつたっていく。

美鐘は僕の前にくると、対面のソファーに腰を下ろした。

僕は唇を震わせる。

「──そ、それで？　聞きたいことって……なに？」

「うーん、ゆっきーは……なんて言うかなぁ。拒否されたらどうしよう？」

落ち着かない感じで体を揺すっている。

拒否される？　拒否されるようなことなの？　や、やっぱり、僕の気持ちを知って怖くなったから、部活にくる時間をずらしていいか？　とか、席を遠くにしていいか？　とか、そういうことを聞いてくる気だ。

「な、なんなのっ？　早く言って！」

「……じゃあ、言うね」

「……うん」

不安そうに僕を見つめて——

「……メガネ、かけてもいい？」

「……は？」

メガネって……まさか、眼鏡のこと？

予想外すぎる質問。

困惑した顔で黙っていたら、美鐘はこんな説明をした。

「わたし、すごく視力悪いんだよー。顔まわりスッキリさせたいから、いつもはコンタクトなんだけど、本を読むときは疲れるし、メガネのほうが楽でいいなーって……」

「……まったく問題ないよ」

「いいの？　本当に？」

「いや、ごめん。むしろ、なんでダメって言われると思ったのか謎なんだけど……」

「えー、だってさー」

安心したのか、美鐘はいつものテンションに戻る。

「いつもコンタクトなのに、部活のときだけメガネって、自分に対して手抜きされてる感じで嫌じゃない？」

「…………」

やっぱりこの子は、僕とは違う感覚の世界に住んでるみたいだ……。

呆気《あっけ》にとられながらも、例の話じゃなくてよかったとホッとしている。

「ぜんぜん思わないよ。てゆーか、そんなふうに考えたこと、一度もない……」

「マジ？」

「うん、マジ」

「やったー、じゃあかけよー」

言うが早いか、美鐘が鞄を開けた。

なかなか見つからないのか、右手でゴソゴソしながら、「あれー？　今日入れてこなかったっけー？」などとつぶやいている。

「あったあったー。これ——じゃない！　あっ、こっちだ……」

ん？

僕は眉根を寄せた。

ほんの一瞬、見えたのは、メガネケースくらいの大きさの、変に曲がった物だった。

液状のり？　いや、違う。そういうたぐいの物じゃなく、ドラマとか、映画とかで見かけるような物だったような。えっと……あれは……なんだっけ？

頑張って思い出そうとするも、なかなか出てこない。

そうこうしていたら、「こんな感じなんだけど、どう？」と、美鐘がレンズ越しに心配そうな視線を送ってきた。

おおーっ！

ちょっと個性的な下縁メガネだ。

本人は手抜きとか言ってたけど、知的なワンポイントになっていて、これはこれでいいと思う。美鐘の魅力が倍増したように感じる。

僕はドギマギしているのを、必死に隠そうとしている。

「……に、似合うよ。すごく……」

「本当？　わたし、あんまりメガネって自信ないんだよねー。ギャルっぽくなくない？」

「ま、まぁ……ギャルっぽいかって言われると……ちょっと違うかもしれないけど、僕はいいと思う」

「そうなんだ！　やったー」

美鐘は笑顔になり、今度こそ、本を読みはじめた。

◆

「ただいまー」

家のドアを開けた僕は、靴を雑に脱ぎ捨てた。

廊下の電気をつけようとして、「あー」とつぶやいたのは、明るくならない理由を思い出したから。昨日、蛍光灯が切れたんだけど、父さんがこの機会にＬＥＤに換えると言いだした。ＬＥＤにするには工事が必要らしく、そのまま放置されている。

どっちでもいいけど、早くつくようにして欲しいな。

そう思いながら階段をのぼっていく。

二階に着いたとき、どこからか怪しげな声が聞こえ、おや？　と眉を上げた。

真央《まお》の部屋のほうからだ。

僕の部屋は階段の正面だけど、真央の部屋は二階の廊下の奥——父さん母さんの寝室のとなりにある。

……なんだろう？　タブレットで動画でも見てるのかな？

奥のほうへと歩いていく。

ドアの前に立つと、こんな言葉が聞こえてきた。

「ああ、胸に響くこの痛みよー、あなたに名前を尋ねたら、いったいなんとこたえるでしょう？　お願い、恋とは言わないで。それは許されない。許されぬ道。新月の夜にも星は出るけど、その道の先には闇しかない」

これは、演劇の練習？　言いまわしはシェイクスピアっぽいけど、このセリフ……なんの劇だろう？

もっとよく聞こうと、ドアに耳を近づけていく。

「あー、私は恋が憎くてたまらない。恋は盲目のはずなのに、なぜこうも簡単に、この胸を射貫《いぬ》いてしまったの？　ああ、愛《いと》しい兄上さま、私の中の恋の花は、もう満開であるというのに、あなたの眼《め》は、他の花を見つめている」

えっ？　兄上さまって僕のことじゃないよねっ？

うろたえた拍子に足がすべり、キュッという擦過音が鳴ってしまった。

その刹那——

「誰っ？　闇にひそんで乙女の秘密を立ち聞きするのはっ？」

「あ、いや、その……」

「この耳はあなたの言葉を生まれたときから受けとめてるから、声だけでわかる。兄上さまねっ？」

ギィーとドアが開いていく。

出てきたのは、真っ赤な顔で怒っている真央——かと思いきや……意外にも、無表情で落ち着いた感じの真央だった。

それが逆に怖くて、僕は狼狽《ろうばい》する。

「ご、ごめん！　盗み聞きするつもりはなかったんだよ！　今聞いたことは、忘れるようにするから！」

が、真央はキョトンとした表情で、「変な兄上ー」と首をかしげた。

「なんでそんなに慌ててるの？　まお、演劇の練習してただけだよ？」

「へ？　劇の練習？」

「ん」

「……あ、そうなんだ」

シェイクスピアの劇で、あんなセリフが出てくる話なんてあったっけ？　いや、そもそもシェイクスピアじゃなかったのかもしれない。

「む、これはっ」

急に真央が顔を上げ、犬のように鼻をくんくん鳴らした。

そのまま近づいてきて眉をひそめる。

「……やっぱり、女の匂い」

「え？」

僕は急いで袖を上げ、匂いをたしかめた。

……よくわからないけど、もし本当に匂いがするなら、思い当たるのはひとりしかいない。近くにいたから匂いがついたのだろうか。

真央はそんな僕に、疑いの眼差《まなざ》しを向けている。

「……兄上、最近なんかおかしい。彼女できた？」

か、彼女って！

「違うっ違うっ違うっ！　美鐘《みかね》はそんなんじゃないから！　僕の彼女になるわけないよ！」

「ふーん、ミカネっていうんだ」

「うぐっ」

不注意な口を手で覆った。

し、しまった……。口がすべった。どうしよう？　誤解はとかなきゃいけないけど、あんまりムキになって否定すると逆に疑いを濃くしそう。

ふと見ると、どういうつもりか、真央はじりじりと近づいてきていた。

僕は圧に押されるように、じりじり後退していく。

耐えきれなくなり、「じゃ、じゃあ……僕は……自分の部屋で宿題しなきゃならないから」と言って逃げようとしたら、真央が口の横に手をあてた。

「ママ上ー、ママ上ー、大変だよー。兄上に彼女がで――」

「あああああああーっ！」

デマが広まったら困る！

僕は真央のほうに走っていくと、うしろから手をまわし、口を押さえた。

「何度も言うけど、彼女じゃないんだよ！　このことは、僕と真央だけの秘密にしとこう。ほら、ダパン買ってあげるから」

「もごもごっ！　ふぐふぐっ！」

「え？　ダメ？　二個買ってあげるよ」

「もごもごっ！　ふぐふぐっ！」

「他に要求があるの？」

「もごもご、ふぐふぐ」

うなずいている。

僕は真央を放し、正面を向かせた。

「──それで？　なにが欲しいの？」

「まお、ミカネに会いたい」

「ええっ？」

なんで会いたいのか知らないけど、とにかくダメだ。

「そ、それは……ちょっと……向こうだって困るからさ……」

「ママ上ー、ママ上ー、大変だよー。兄上にか──」

「うわあああー、わかったわかったーっ」

今はとにかくとめることが優先だ。しかたなく承諾したら、真央がすかさず「いつ会える？」と聞いてきた。

なんというか、幼女なのに隙がない。

「え、えっとぉ……向こうにも予定があるからさ。あとで聞いておくよ。それでいい？」

「ん」

「いいの？　じゃ、じゃあ……僕はもう行くからね」

「ん」

やっと納得してくれた。

僕は真央に注意しながら後ずさりしていく。

自分の部屋に入ると、背中でドアを閉め、大きなため息をついた。

真央を美鐘に会わせたら、いったいどうなっちゃうんだろう？　いや、その前に、いつ、どこで会わせるの？　学校に連れて行くわけにもいかないのに。

五分くらい考え、ある結論に達した。

まぁ、のらりくらりと先延ばしにすればいいだろう。真央は幼女なんだから、きっとすぐに忘れてくれる。

◆

真央と約束してから三日後、僕は部室で思い悩んでいた。

すぐに忘れるという僕の読みは、完全に外れた。

あの日から、真央は毎日のように「ミカネに会う」と言ってくる。トイレに入っていても、お風呂《ふろ》に入っていても、おかまいなし。「いつ会える？」「どこで会える？」と聞きまくってくる。

どうしよう。

ちなみに美鐘は、いつものように窓際《まどぎわ》で本を読んでいる。

メガネ姿も見慣れてきた。

はぁー、悩んでたら、お腹《なか》すいてきたな……。

鞄《かばん》を開け、お昼に買っておいたダパンを出す。

ガサガサ……モグモグ……と食べていたら、「ねぇ」と美鐘に声をかけられた。

「ご、ごめん。うるさかった？」

「ううん、そうじゃないんだけど――」

首を振り、僕の手元を指さしてくる。

「そのコッペパン、よく見るなーと思って」

「え？　あ、これ？」

「うん、なんかどこでも売ってない？　購買にもあったし、コンビニにもあったし、この前はスーパーでも見た。東京にはなかったのに」

「ああ……」

ダパンを知らないらしい。

「これは福田パンっていって、岩手県民のソウルフードなんだよ。安くておいしくて、種類もすごく多い。高校とか大学の購買でも売ってるし、コンビニでも、スーパーでも、いろんなところで売ってるよ」

「へぇー、岩手のソウルフードなんだ！　ミヤケンも食べてたのかな？」

「いや――」

僕はハハハと笑う。

「さすがにそれはないよ。だって、宮沢賢治の時代にはなかったから。――って、ん？　ちょっと待って……」

ふと、昔聞いた話を思い出した。

「たしかにそのころはなかったけど、まったく関係ないわけじゃないかも……。福田パンの創業者は、宮沢賢治の教え子だったはず」

「えー？　そうなの？」

「ちょっと調べてみる」

僕はポケットからスマホを出し、「宮沢賢治」「福田パン」で検索した。

そしてわかったのは、〝福田パン〟の創業者は、ただの教え子どころではなく、とてもつながりの深い人物だったということ。卒業後も、賢治と手紙をやりとりしていて、「宮沢賢治」と検索すると必ず出てくる例の写真も、その人が持っていたものらしい。

なるほど、たしかに……。

説明を読みながら、腕を組む。

宮沢賢治は、常日頃から、貧困に苦しむ人々に心を痛めていた。

安くておいしいパンで人々をお腹いっぱいにしたい、という創業者の想《おも》いは、宮沢賢治に通じるものがありそうだ。

そのことを話すと、美鐘も興味津々《きょうみしんしん》という表情になった。

「これは調べるしかなくないっ？　でも、どうやって調べたらいいかなぁ？　スーパーに行って、あるだけたくさん買いあさる？」

「うーん……とりあえず、お店に行ってみようか」

「お店？」

「直営店が盛岡にいくつかあるんだよ。コンビニとか、スーパーで売ってるより、もっとたくさんメニューがあるって聞いたことがある」

「わぁー」

美鐘が胸の前で手を合わせ、目を輝かせる。

「行きたい！　ゆっきー連れてって！　明日の放課後か、土曜の――」

が、急に言葉をとめ、斜めに目線を上げた。

チロッと舌先を出しながら、僕のほうを見てくる。

「……ごめん、明日はココと買い物に行くんだった……。土曜もナナとランチだから無理だ。日曜はどう？」

「ああ、うん、いいよ。いい……けど……」

僕が語尾を濁らせたのは、別のことを考えていたから。

これはチャンスかもしれない。僕のすぐ近くには、ダパンが大好きな子がいる。そしてその子は、とても美鐘に会いたがってる。

ひとりで考えている僕を、美鐘は不思議そうに見つめている。

「――けど？　どうかした？」

「あの、もうひとり……連れて行ってもいいかな？」

「え？　ゆっきーが誰か呼んでくるってこと？」

「……うん」

「うわー」

意表をつかれたらしく、目を丸くした。

「誰っ？　めっちゃ気になるー。あ、田沼《たぬま》くん？」

「いや」

「……じゃあ、音澄《おとずみ》くん？」

「違うけど」

「えー？　誰？　誰？」

「えーっと、それは——」

◆

「キャーかわいい！　ちっちゃーい！　この子がゆっきーの妹？　何歳っ？　なんて名前っ？」

両手でスマートな自転車を支え、前屈《まえかが》みになって笑いかけているのは、私服姿の美鐘《みかね》——前と同じ系統の服だけど、今日はスカートじゃなくショーパンをはいている。

ちなみにここは、前にも待ち合わせに使った滝の広場だ。

ミカネに会いたい、ミカネに会わせろ、と、さんざん言ってきた真央《まお》はというと、ようやく会えたというのに、あまり喜んでいないように見える。いちおう「まお、八歳」と自己紹介してくれたけど、そのあとは黙ってしまった。

　心配している僕とは対照的に、美鐘はあまり気にしてない様子。

　笑顔で前屈みになる。

「わたしは渋沢《しぶさわ》美鐘。幸文《ゆきふみ》くんとは同じクラスで、部活も同じなんだー。よろしくね」

　真央は目を合わせず、少し戸惑った感じで「は、はい……」とこたえた。

　返事が聞けて満足したのか、美鐘は身を起こし、僕のほうに顔を向ける。

「この子がまおちゃんなんだねー。ゆっきーとは八歳差ってこと？」

「……ああ、うん、真央は小学二年生なんだ」

「いいなー、わたしにも妹がいたらなー」

　……もしかして、ひとりっこなのかな？

　今までいろいろ話したけど、家族のことはあまり知らない。

　聞いてみると、「うん、わたし、ひとりっこだよ」というこたえが返ってきた。

「へぇ、そうだったんだ」

「だからうらやましい。妹がいたら、いっしょに遊んだり出かけたりできたのに」

「ま、まぁ、出かけたりはしないけど、いっしょに動画を見たりはするよ」

「いいなー」

そんな話をしている僕と美鐘を、真央は交互に見つめている。

そして僕のシャツを引っ張り、こんなことを聞いてきた。

「兄上って、ギャルが好きだったの？」

「ちょっ」

心拍数が急上昇した。

たしかに僕は美鐘が好きだし、空気を読まない発言は幼女の特権だけど、これはかなり困る。

「ま、真央！　僕はそうじゃないから！　変なこと言わないで！」

「えー？」

わざとらしい声は美鐘のもの。

髪をかき上げ、斜め下から、おもしろがるように見つめてくる。

「なになにー？　ゆっきーは、わたしみたいなギャルが嫌いなの？　ショックー」

「い、いや……嫌いなわけじゃないよ。ただ……」

「ただ？」

「……僕とは住んでる世界が違うっていうか。合わないだろうなとは思ってるけど……」

あれ？

美鐘が頬を膨らませている。しかも、やや強い口調で「違うことと合わないことは、別の問題じゃない？」と抗議してきた。

「え、えっとぉ……」

もしかして怒ってる……？

予想外の反応で、僕はフリーズ。

美鐘は埒《らち》が明かないと思ったらしく、小さなため息をつき、話題を変えた。

「ところで、福田パンってここから近いの？」

「……あ、うん。自転車で一〇分くらいだよ。お昼は混むかもしれないから、早めに行ったほうがいいかも」

「じゃ、ここにいてもしょうがないし、行こっか」

◆

宮沢賢治の功績は、すぐれた詩や、童話を生み出したことだけじゃないと思う。教師として人々に影響を与えたことも大きい。

そのひとりが〝福田パン〟の創業者なんだと思う。

〝福田パン〟の創業者は、農林学校で賢治の教えを受けたのち、賢治の推薦で、高等農林学校農芸化学部の実験助手になった。戦後、盛岡に帰ってくると、「安い値段で学生を満腹にさせたい」という想いから、牛乳一本を合わせることで、米二膳と味噌汁《みそしる》一杯と同じカロリーになるよう計算されたコッペパンを開発した。それが、今の〝福田パン〟だ。

たぶん、学生向けにつくってきたからだと思うけど〝福田パン〟のお店は、学校っぽくデザインされている。三角屋根に、大きな時計、中に入ると、黒板に貼られたものすごい数のメニューが目に入る。

「すごー、こんなにあるの？　たくさんありすぎて困っちゃう」

メニューを見上げる美鐘の顔には、言葉とは反対に笑みが浮かんでいる。

たしかに、ものすごい数だ。

ピーナツ、ジャム、バター、コーヒー、ブルーベリー、クリーム、ミルク、チョコレート、バナナ、りんご、ヨーグルトなどからはじまり、こしあん、抹茶、スイートポテト、かぼちゃなどもある。塩味系だと、ポテトサラダ、スパゲッティ、ハンバーグ、タマゴなんかが目につく。珍しいのもたくさんあるけど、僕は冒険しようと思わない。いつもどおりの味を選ぶつもり。

「僕は抹茶にしようかな。真央もそれでいい？」

「まお、抹茶食べる」

「わたしも決めた！　チーズクリームにする」

チーズクリーム？

最初から定番でもない味に挑戦するなんて、僕だったら絶対しない。やっぱり美鐘の感覚は、僕のそれとは違うんだと思う。

ポケットから財布を出し、注文カウンターに進もうとしたら、「待って」と美鐘に引きとめられた。

「ゆっきー、あの張り紙見て」

なにかと思って見てみると、メニューのすぐ下に、味をミックスできるという説明書きがあった。甘味と甘味、塩味と塩味、という組み合わせなら二種類まで選べて、値段は高い味のほうになるらしい。メニューの多さから考えると、その組み合わせは膨大。自分だけの味もつくれそうだ。

「おもしろそー。わたし、ミックスしてみようかなー」

「うん、いいんじゃない？　まぁ僕は、ただの抹茶にするけど」

「えー？　ゆっきーもやろうよぉー」

「僕はいいよ。まずくなったら嫌だから。真央もそれでいいよね？」

「ん」

「うーん、わたしだけかぁー」

ぶつぶつ言いながら、僕のうしろに並んだ。

休日だからか、僕の前には五人も並んでいる。

つくりかたを見ていると、パン屋よりアイスクリーム屋に近いとわかった。

アクリル板の向こうに並んでいるのは、色とりどりのクリーム。注文すると、店員さんがコッペパンを広げ、ヘラでクリームを塗ってくれる。一個つくるのに一〇秒くらい。ひとりで五個も六個も注文している人も少なくない。

そうこうしているうちに、僕の番がまわってきた。

カウンターにいる店員さんに、「抹茶をふたつ」と言うと、「三一八円です」という言葉が返ってきた。

やっぱり安い。ダパンは学生の味方だと思う。


目的のものを買った僕たちは、近くの公園にやってきた。

ここは、遊具とベンチがあるだけの普通の公園で、ひと気がないから、小鳥のさえずりや、木々の揺れる音が聞こえてくる。

「ね、そのベンチにしない？」

美鐘が選んだのは、木陰にあるベンチ。

僕と美鐘で、真央を挟む形で座った。

「ねーねー、兄上ぇー」

催促するように、真央がレジ袋を引っ張ってくる。

どうやら、食べるのが待ちきれないみたいだ。

「わかったわかった。今出すから、ちょっと待ってて」

僕は袋の口を開き、「はい」とダパンを渡す。

真央はそれを両手でつかむと、包んであるラップをはがし、大きな口でかじりついた。

美鐘はその様子を、ほっこりした表情で見つめている。

「まおちゃん、福田パンが好きなんだねー。いつも抹茶を食べてるの？」

「ん」

食べることに集中したいからか、まだ慣れてないからか、困ったことに、真央は返事しかしてくれない。僕も会話は得意じゃないけど、しょうがないから代わりにこたえる。

「僕が好きだからっていうのもあるけど、真央もこれが好きだよ。コンビニで見つけると必ずこれをねだってくる」

「へぇー、なかなか渋い趣味だねー」

そう言いながら、美鐘《みかね》もラップをはがした。

ダパンは普通のコッペパンより横に大きめ。全体的にふんわりしている。

美鐘はそれを、横にしたり、ひっくり返したり、見た目を確認してから、パクッとかじった。

「んーっ！　おいしい！　これもほんとうのさいわいだねー」

これもって……。

僕はポリポリと頭を掻《か》く。

「ほんとうのさいわいは……あちこちにあるものじゃないよ……」

「でも、あるって思ったほうが幸せじゃない？」

「え？」

意味がわからず、僕は首をひねった。

「……どういうこと？」

「わたし、最近いろいろ考えて、特別すごい幸せを見つけるより、日常にある小さな幸せを見つけて心の底から喜んだほうが、幸せになれるんじゃないかって思ったんだよね。だってさ、幸せって決まった形はなくて、ひとりひとりが心で感じるものでしょ？　立派な家に住んで、外車に乗って、豪華な料理を食べても、自分を不幸だって思ってたら、いつまでたっても幸せになれない。逆に、特別すごいことがなくても、小さな幸せを見つけて、ああ、わたしって幸せだなーって思ったら、それだけで幸せになれる。だからわたしは、ほんとうのさいわいをいーっぱい見つけて、最高に幸せになりたいって思う」

一瞬、美鐘が輝いて見えた。

なんて前向きなんだろう。こんな子と付き合えたら、こんな僕でも幸せになれそうな気がする。

「ゆっきーにも、わたしの幸せわけてあげよっか？」

「へ？」

一瞬なにかと思ったけど、ちぎられたダパンを見て意図がわかった。

「ああ、ひと口くれるってこと？」

「うん、食べさせてあげる。あーんして」

「いやっ！　それはちょっと！」

恥ずかしさが頭のてっぺんを突き抜けた。

そりゃ、好きな子にあーんしてもらうのは男の夢だし、僕だって、アニメやドラマでそういうシーンを見てうらやましいと思っていた。でも、実際にやられるのは恥ずかしすぎる。しかも妹が見てるんだよ！

「はい、あーん」

「ま、待って！　今はその――」

小さくちぎられたダパンを前に、僕は激しく動揺している。

「あーん」

「だから待っ――うぐっ」

なかば無理やり押しこまれた。

……ん？　これは？

初めて食べる味だ。

いったい、なにをミックスしたんだろう？

最初に感じたのは、抹茶の風味だけど、それを追いこすように、濃厚な甘さが広がってくる。ちょっと驚いたけど、すごくおいしい。

「……これって、まさか、抹茶とチーズクリーム？」

「ピンポーン！」

正解とわかり、僕は目を丸くした。

「びっくりした。合わなそうな組み合わせなのに、おいしいんだね」

「でしょー？」

「むぅ、まおもあーんで食べたい」

真央《まお》が美鐘の袖を引っ張っている。

話しかけられたのがうれしかったのか、美鐘は嬉々《きき》としてこたえる。

「もちろんだよー。まおちゃんもほら、あーん」

「あーん」

パクッ、もぐもぐもぐ……。

真央はカッと目を見開くと、胸に手をあて、なにかのスイッチが入ったように「ああ――」と感嘆の声を漏らした。

「この甘さ、この香り、なんと美味なのでしょう。これはまるで天上のしらべ。快楽を極めたミダース王も、この味を知ったらとりこになるはず。はぁー私ばかりがこのような厚遇を受け、心が痛む。追放されたパパ上さまは、今ごろどうされているでしょう。今すぐこれを船に積み、パパ上さまにお届けしたい」

さすがの美鐘もこれには驚いたようだ。「ま、まおちゃん……急にすっごいしゃべるねー」と戸惑いを隠せない。

ゆっくり僕のほうに肩を寄せ、「あのさ」と耳打ちしてきた。

「ゆっきーたちのパパって、追放されてるの？　あっ、これ、もしかして聞いちゃいけないことだった？」

「い、いや……普通に会社に行ってるよ。真央が追放とか言ってるのは、たぶんそういう設定ってだけ。この前は亡霊にされてたから、あんまり気にしないで」

「設定？」

「真央は演劇クラブに入ってて、ときどきああいうスイッチが入るんだよ」

「へぇー、演劇なんてやってるんだー」

美鐘が真央の顔を覗《のぞ》き、「長いセリフが言えてすごいねー」と笑いかけると、真央はまんざらでもない感じで、「ん」とうなずいた。

「気に入ったなら、このパン、まおちゃんにあげよっか？」

「ん、ありがと」

素直に受け取り、もぐもぐ食べはじめた。

ダパンのおかげなのか、美鐘のコミュ力のおかげなのか、ふたりが打ち解けたように見える。

それはうれしいことだけど、美鐘が買ったダパンを、真央がもらってしまった。保護者的立場の僕としては、スルーするわけにはいかない。

「ご、ごめん。美鐘が買ったやつなのに」

「いいんだよー。わたしは味見できればよかったんだもん」

美鐘はあっけらかんとこたえ、「ね、それよりさ――」とこっちを見てきた。

頬の横で人さし指を立て、

「意外な組み合わせがおいしいっていうの、パンだけの話じゃないって思わない？」

「え？」

パンだけの話じゃない？　どういう意味だろう？

少し考え、「あっ」と声を発した。

たぶん、駅前で話した「住んでる世界が違う」とか、「合わない」とか、そういう言葉に対する反論になってるって言いたいんだ。ま、まぁたしかに、違うことと合わないことは別の問題だったかもしれない。でも、それを証明するために、わざわざこの組み合わせを選んだの？　まさかとは思うけど、僕たちの相性がいいって言いたいのかな……。

両想《りようおも》いかも、なんて考えてしまい、急にドキドキしてきた。

そんな僕を、真央が下から観察している。

「……まお、わかっちゃった。やっぱり兄上は、ギャルが好き」

「いやっ、だからそれは――」

「まおもギャルになる」

「ええっ？」

真央がギャルに？

「まおちゃん、ギャルを目指すの？　やったーっ」

戸惑う僕とは対照的に、美鐘は喜色の花を咲かせた。

どうしてこんなことに？　なんだか、妙なことになってしまった。

第五章◆ほんとうのさいわい

「校外三周なんてぜってー無理だろー。この学校、どんだけ広いと思ってんだよ」

体育の授業がはじまってから、音澄《おとずみ》はずっとこの調子。だらだら歩きながら、愚痴り続けていて、僕と田沼《たぬま》の顔には、苦笑いが浮かんでいる。

今日の体育は、先生が休んで自主練になった。

いちおう練習メニューは、校外三周したあと筋トレってなってるらしいけど、代理の先生もいないから、みんなだらけまくっている。

と思っていたら、うしろから軽快な足音が近づいてきて、さっそうと抜かされた。

「おー、陸上部のやつら、ちゃんと走ってるな」

田沼が感心したような声を漏らす。

「へっ」

音澄はさげすむように口をとがらせる。

「あいつらがおかしいんだよ。そもそも走るのが楽しいとか、意味がわからない。苦しいだけじゃん」

「ランニングハイっていうのがあるんだ。知らないのか？」

「走らなくたってハイになれるよー」

そんな話をしているふたりの横で、僕は空を見上げている。

なんだか、憂鬱な天気だな。

どんよりした灰色の雲。空気は湿っていて、肌に触れるとベタベタする。もうすぐ六月だし、そろそろ梅雨入りするのかもしれない。見ると、そうよ、そうよ、とうなずくように、道端に咲いてる紫陽花《あじさい》が風に揺れている。

「お？」

音澄が手でひさしをつくった。

なにか見つけたのか、急に走りだし、学校のまわりに張られた金網に近づいていく。

振り返り、うれしそうに手招きした。

「ふたりもこっちこいよー。女子がバドミントンやってるー」

「おー、本当だなー」

田沼が行くから、僕もついていく。

金網の手前に立って向こうを見ると、裏庭のコートで、僕らと同じ体育着を着た女子た

渋沢

ちがラケットを振っていた。滝咲《たきさき》高校は学年ごとに体育着の色が違うから、一年だってすぐにわかる。

覗きみたいで嫌だなと思いながらも、無意識に、特定のシルエットを探してしまう。

「ああ、また休みだろ。ほら、向こうのベンチにいるぞ」

「渋美《しぶみ》ちゃん、やっぱりいないなー」

ん？　やっぱり？　また？

ふたりの言葉が引っかかった。

「今のどういう意味？　前にも休んだことあるの？」

「なに？　まさかおまえ知らないのか？」

「えー？　トーヤが知らないのかよぉ！　最近みんな言ってるよ！　渋美ちゃん、体育は一回も出てないって。いっつも見学だってさ」

「ええっ？」

知らなかった……。そうなんだ……。

音澄と田沼は、「単位大丈夫なのかなー？」「さぁ、どうだろな」と話している。

「正当な理由があれば、見学してても単位は取れるが、サボりだと厳しいな」

「まぁ、たぶんサボりだよ。ほら、渋美ちゃんってギャルじゃん？　髪型崩れるし、そもそもダルイから、体育なんてやらないんだよ」

いや――

僕は心の中で否定した。

たしかに美鐘《みかね》はギャルだけど、不良と同じベクトルのギャルとは違う。すごく真っすぐな性格で、なにごとにも正面から向き合っている。ダルイからサボるっていうのは、僕の中の美鐘像と合わない。でもそうだとしたら、どうして体育を休むんだろ？　まったく見当もつかない――ってわけじゃ、実はないんだ……。

僕の頭にこびりついているのは、盛岡めぐりでのこと。

材木町で〝よ市〟を楽しんでいた美鐘は、急に体調が悪くなり、歩くことさえできなくなった。あのときの異常な様子は、忘れたくても忘れられない。

なにかの病気なのかな？

もしそうだとすると、特別な折りたたみ自転車を持ってるのもうなずける。できるかぎり歩かないよう、自転車にも乗らないよう、バスを使って移動できるよう、あんな自転車を持ってるのかもしれない。

「ところでさー、渋美ちゃんとは進展あったのかよ？　もう告白した？」

前触れもなく、音澄が聞いてきた。

「い、いや……それは、その……」

僕は肩を落としてうなだれる。

ほぼ毎日いっしょにいるし、ダパンを食べに行ったりもしたけど、僕らの関係性は変わっていない。まぁ、当然だと思う。だって僕は、なにも動いてないんだから。

「……実は……なにもしてなくて……」

「えー？　マジかよ！」

音澄が大げさに驚いた。

横で聞いてた田沼も、ため息をついている。

「トーヤ、わかっているとは思うが、渋沢《しぶさわ》はかなりモテるぞ。うかうかしてたら誰にかっさらわれるかわからない。まぁ俺の見たところ、それができそうなやつは、今のところいない。が、油断はするな。あいつはもともと東京にいたんだ。元彼がいるかは知らんが、昔の仲間はいるだろう。そういうやつらが出てくると厄介だ。今はスマホがあるしな。遠距離だってないとは言えない。あまりのんびりしてると、後悔するかもしれんぞ」

「そうそう」

「わ、わかってるよ……」

厳しいけど、それが現実だと思う。

美鐘はかなりモテる。うかうかしてたら誰に先をこされるかわからない。そういう相手が見えないからといって、安心もできない。そもそも僕は、たかだか一ヵ月くらいの美鐘しか知らないんだ。東京にいたはずの、僕よりかっこよくて、ノリがよくて、美鐘のことを知ってる人たちについては……なにも知らない。

そういえば前に、名前を褒めたのは僕で二人目って言ってたな……。一人目は、いったい誰だったんだろう。

「あっ……」

僕が空を見たのは、頭に冷たいものがあたったから。

音澄が叫ぶ。

「やべ、降ってきたーっ」

「風《ふう》、トーヤ、走るぞ！」

激しい雨に襲われて、僕らは全力で走りだした。

◆

体育の時間に降りはじめた雨は、午後になると勢いを増し、放課後になっても降り続いていた。ごおおぉーという風の音。ビー玉のような雨粒が、本物のガラスにぶつかって粉々に砕けている。

三号館は古いから、文芸部の部室も雨漏りしている。

ときおり風がやむと、ぴちょん……ぴちょん……ぴちょん……という雨漏りの音が、入れ替わりで前に出てくる。

「嫌な天気だねー」

美鐘は浮かない顔で、窓の外の薄闇を見つめている。

寒いのか、さっきから腕を体に巻きつけ、しきりにさすっている。

僕はストーブがあったことを思い出し、本を置いた。

「電気ストーブつけようか？」

「え？　ストーブなんてあるの？」

「うん、出せばあるよ。小さいのだけど」

「それじゃーお願いしようかなー。体育のときに濡《ぬ》れちゃったんだよね。それからずっと寒くって……」

体育のときか。

せっかく体育の話が出たんだから、どうしていつも見学なのか、聞いてみてもいいかもしれない。でも、嫌な顔をされたらどうしよう。人に聞かれたくないことだってある。美鐘はいつも明るく元気なのに、もし病気だったら、そのイメージが傷ついてしまう。

気もそぞろにストーブを出した僕は、美鐘の足元に置き、スイッチを入れてやった。

ふんわりとしたヒーターの光が、美鐘の足を赤く染める。

「あったかーい。ありがと、ゆっきー」

「……うん」

ダメだ。やっぱり聞けない。

あきらめた僕は、ソファーのところに戻り、腰を下ろした。

置いていた本を取り、さっき読んでたページを開く。

が、いろいろ考えちゃって、いつにもまして集中できない。

「そういえば、ゆっきーは文理希望なんて書いた？」

「……いちおう今回は文系にしてみた。本が好きだからって理由で……」

「文系かぁー」

美鐘が両手で頬杖《ほおづえ》をついた。

「……わたしは理系にしたから、別のクラスになっちゃうね……」

「……う、うん」

それは僕も気にしていた。

できれば同じクラスになりたいけど、さすがに、好きな子がいるからなんて理由で進路を決めちゃいけないと思う。

無言の時間。

美鐘は本を読もうとせず、ストーブのあかりを見つめている。

僕は少し気まずさを感じて、「ちょっと外の自販機でお茶買ってくる」と言いながら立ち上がった。

「行ってらっしゃーい」

「美鐘もなにか飲む？　温かいもの買ってこようか？」

「ううん、わたしはいい」

「そっか。じゃあ、僕のだけ買ってくる」

鞄《かばん》から財布を出した僕は、ストーブに手をかざす美鐘を見ながら部室を出ていく。

うしろ手でドアを閉め、あれ？　と思った。

どこの部室も暗い。

人の気配がどこにもない。

「あっ、今日は水曜か」

文芸部は僕の趣味でほぼ毎日やってるけど、他の文化部は水曜休みと決まっている。今日はずっと部室にいたから、水曜だって気づけなかった。

そのときふぅっと暗くなり、天井を見上げた。

ひと昔前の裸電球が、不規則なタイミングで、明るくなったり暗くなったりを繰り返している。渡り廊下から入ってきたのか、小さな蛾《が》がそのまわりを飛びまわっている。

別に、そこまでお茶が飲みたいわけじゃない。

怖いから戻ろうかなと思い、うしろを向きかける。

でも、美鐘になんて説明しよう？　暗くて怖いから行くのやめたなんて、かっこ悪くて言えない。

迷ったすえ、僕は行くことにした。

ギシギシ鳴る廊下を、速足で歩いていく。

階段の手前にさしかかったとき、「おっと！」と声をあげ、足をとめた。

とても立派な銀色のカタツムリが、廊下を横断しようとしている。あのまま歩いていたら、たぶん踏んでいた。さすがに飛びかかってくるなんて思わないけど、なんとなく不気味で、僕は進みかねている。

ごおおぉー……という風の音。叩《たた》きつけられる雨の音。

銀色のカタツムリは、そんなものは関係ないとでもいうように、のっそりのっそり横断していく。

「カタツムリじゃないけど、宮沢賢治の物語に、ナメクジが出てくる話があったな。たしか、『洞熊《ほらくま》学校を卒業した三人』……だったっけ」

宮沢賢治の童話には、怖い話も多い。『洞熊学校を卒業した三人』もそのひとつだ。洞熊学校を卒業した、赤い手の長い蜘蛛《くも》と、銀色のナメクジと、顔を洗ったことのない狸《たぬき》は、大きいものが一番偉いという洞熊先生の教えを信じていた。卒業後、あの手この手で動物たちを騙《だま》し、食べていくことになる。

親切なおもての顔とは裏腹に、冷酷な心をもつ三人。

その三人が、純粋無垢《じゅんすいむく》な動物たちを、むしゃむしゃ食べていくさまは、本当に気味が悪かった。

まぁでも、ここは童話の世界じゃないし、目の前にいるのも、ナメクジじゃなくカタツムリ。怖がる理由はどこにもないよね。

そう思って足を上げたとき――

ゲフゲフッハァ……ゼェーゼェーゲフゲフ……。

激しい咳《せき》の音と、なにかが崩れ落ちたような音がこだました。

「これは――」

なぜだか僕は、美鐘《みかね》が危ないと直感した。

こうしちゃいられない！

きびすを返し、ダッシュする。

息もせずに廊下を駆けると、蹴破るようにドアを開け、部室に入った。

「美鐘！　大丈夫っ？」

見まわすと、転んだような姿勢で床に倒れていた。

ひっくり返った鞄、スマホ、教科書、ペン、フェイスタオル、化粧品、シールの束、ペットボトル、いろいろなものが散らばった中で苦しそうに咳をしている。

救急車？　いや、それじゃ間に合わない。じゃ、じゃあ……人工呼吸？　で、でも、この状況で意味あるの？　待て！　落ち着かなきゃ！　今ここで僕がパニックになったらダメだ！

僕は一歩さがって状況を確認する。

そして、美鐘が鞄からなにかを取ろうとして失敗、転んだ拍子に鞄が落ち、こんなふうになったんだと推測した。

いったいなにを取ろうとしたのか？

……きっと薬だ！　前にメガネと間違えたやつ、きっとあれは、吸入薬だったんだ！

僕は美鐘の鞄に飛びつくと、中に手を入れ、かき混ぜるように探す。

薬……薬……薬……あっ、これだ！

メガネケースみたいだけど、変に曲がっている。

僕はそれを持って美鐘のもとに走ると、蓋を開け、口にあてがった。

ゆっくりと、けれども確実に、美鐘の呼吸が落ち着いていく。

「美鐘、大丈夫？」

「……うん……」

よかった……。本当によかった……。

か細い声を聞けただけで、涙ぐみそうなほど安心した。それにしても、あれが吸入薬だってよくわかったもんだ。危機的状況に直面すると、実力以上の力が出せるっていうのは、本当なのかも。

倒れそうな背を支え続け、五分くらいたったころ、美鐘が小さなため息をつき、蚊の鳴くような声でこう言ってきた。

「……こっちにきてからなかったから……ちょっと……油断してたみたい……。雨に濡れたせいかも……。ゆっきーがいなかったら、たぶん死んでた……」

聞きたいことは山ほどあるけど、今はそれより、回復させることが重要だと思う。

「無理して話さなくていいよ。今日はもう帰ったら？　タクシー呼ぼうか？」

「……パパを……呼ぶから……大丈夫……」

「お父さん？　きてくれるの？」

「……うん、たぶん……」


それから一時間後、美鐘のスマホに、到着の連絡がきた。

僕は美鐘の肩をかつぎ、本校舎の玄関に連れて行った。

霧雨《きりさめ》の向こう、薄暗い中にヘッドライトの光が見える。あまりよく見えないけど、高そうな外車がとまっているようだ。

美鐘は足に力を入れると、僕からゆっくり離れていく。

「ありがと。ここまででいいよ」

「でも……」

「もうそこだから、ひとりで歩ける。ゆっきー、今日はありがと……」

美鐘が霧雨の中に入っていくと、運転席のドアが開き、背の高い男のシルエットが出てきた。

たぶん、美鐘のお父さんだ。

ふたりはなにやら言葉を交わすと、車に乗りこみ、雨の向こうに消えていった。

◆

一昨日《おととい》も雨、昨日も雨、今日も雨、ずっと雨の日が続いている。

なんのやる気も起きない僕は、ジャージ姿でベッドに寝転び、天井に吊《つ》るされた銀河鉄道の模型を眺めている。

木曜も、金曜も、土曜の部活にも、美鐘は姿を見せなかった。春芽久《はるめく》先生は「体調不良」ってみんなに伝えてたけど、そういうレベルのものじゃなかったと僕は思っている。

今ごろどうしてるかな。あのあと病院に行ったと思うけど、もしかして入院なんてことに？　だとしたら、しばらく会えないかも。

スマホをつかみ、ベッドの上であぐらをかいた。

美鐘のＳＮＳをチェックしてみる。

ここ数日はなにも投稿されていない。

膝にひじをついて顎を支え、ＬＩＮＥを送ってみようかと考えはじめた。

……まだちょっと怖いけど、今は連絡をとりたい気持ちのほうが強い。それに——

「前に美鐘が言っていた。自分の気持ちはどんどん表現したほうがいいって」

僕はメンバーの中から「みかねぷ」という名前を選び、「遠谷《とおや》だけど体調はどう？　学校には戻れそう？」という短いメッセージをつくってみた。絵文字もないし、顔文字もないし、冗談もない。つまらないメッセージだけど、僕らしくていいかもしれない。

メッセージをつくった僕は、しばらくそれを眺め、送信ボタンに親指を移動させる。

勇気を振り絞り、エイヤッと押した。

「ふぅー」

なんだか疲れた。

ひと仕事終えたら、他のことが気になってくる。

「妙に静か……てゆーか静かすぎる。真央《まお》はもうＴＶ見てないのかな」

今日は父さんも母さんも法事でいない。家にいるのは僕と真央だけだ。

二時間くらい前だったか、そのときはリビングのソファーに寝そべってＴＶアニメを見ていた。大音量だったから、僕の部屋まで聞こえてきたのに、今、聞こえているのは雨のしたたる音だけ。

様子を見に行ったほうがいいと思った僕は、ベッドから下りて部屋を出た。

まずは二階にある真央の部屋を確認しようと廊下を歩くも、ドアが開いていると気づき、途中でとまる。

ドアの向こうは薄暗い。どうやら電気が消えてるようだ。

……じゃあ、やっぱりリビングか。

そう思って引き返し、ミシ、ミシ、ミシ、という木のきしむ音を響かせながら、階段を下りていく。

「はぁー、暗くて危ない……」

廊下の電気は、工事の予定がたたないまま放置されている。早くやってくれないと、そのうち転んで怪我《けが》をしそうだ。

ピコーン！　という音がしたのは、リビングのドアを開けようとしたとき。

驚いた僕は「ひっ」と小さな悲鳴をあげてしまった。

……スマホの音？　あっ、美鐘か！

急いでスマホを引っ張り出す。

が、ロック画面に表示されていたのは、動画アプリの新着通知だった。

ＬＩＮＥも確認してみたけど、まだ既読になってない。

だんだんと不安が膨らんでいく。

単純に気づいてないだけならいいけど、機種や設定によっては、僕みたいにロック画面に表示される。気づいてるけど未読のままスルーなんてことも、絶対ないとはいえない。もしそうなら……いや、もう送っちゃったんだから心配したってしょうがない。今は真央のほうを気にしよう。

そう自分に言い聞かせた僕は、「真央ー」とささやくように呼びかけながら、リビングのドアを開ける。

ソファーの上にはいない……。TVも消えてる。あれ？　じゃあ……どこ？

こっちも心配になってきた。

家の外には行ってないよね？　あとはキッチン？　いや、キッチンにもいない。もしかして、自分の部屋にいたとか？

さっきは電気が消えてただけで、いないと判断しちゃったけど、実際はベッドで寝てたのかもしれない。TVを見て眠くなり、寝室のベッドでお昼寝中というのは、普通にありえる。

リビングを出た僕は、階段をのぼり、ふたたび真央の部屋に向かう。

二階の廊下を歩いていると、どこからか真央の声が聞こえてきて、ホッと息をついた。

なんだ、父さん母さんの寝室にいたのか。

寝室のドア越しに、「鏡よ、鏡、世界で一番美しいのは——」みたいなひとりごとが聞こえてくる。中でいったいなにをしてるんだろう？

ドアノブを回し、ゆっくり押していく。

間接照明だけの薄暗い寝室。

片隅にある化粧台の前に、真央の背中があった。

「はぁー、よかった。どこに行ったのかと思った。それにしても、電気もつけずになにしてるの？」

振り返った真央を見て、僕は「うわっ」とのけぞってしまった。

口のまわりは真っ赤だし、肌の一部は異様に白い。自分でつけたのか、まぶたの上には何重にもまつげがあって、そのまわりは黒く塗りたくられている。化粧に失敗したメタルバンドのボーカルだって、こんなふうにはならない。

いったいなにごと？　今日ってハロウィンだっけ？

「兄上、まお、ギャルになった」

「へ？　ギャル？」

たぶん美鐘《みかね》の影響だろうけど、真央はギャルをなんだと思ってるんだろう。

唖然《あぜん》としていたら、ポケットからまた、ピコーン！　という音がした。

慌ててスマホを確認すると、今度こそ美鐘。

ゆっきーからLINEきた！　やったー！　という文からはじまり、昨日まで病院にいたことや、明日は学校に行くことなんかが、すごく高いテンションで書かれていた。

安心したのもあるけど、LINEができたってことがすごくうれしい。こんなに簡単なことだったのに、今までなにを怖がってたんだろう。

「あ、そうだ！」

ふと思いつき、僕はスマホのカメラを起動した。

真央に向けてピントを合わせる。

「ギャルになれたか、本物のギャルに聞いてみるよ。ほら真央、ポーズして——」

カシャ！

◆

翌朝、ノートや教科書を机にしまっていたら、「おっはよーっ」と元気な声をあげながら美鐘が教室に入ってきた。

「久しぶりじゃーん、どうしてたのー？」

「風邪ひいてたとか?」

「みんな心配してたよ」

そんなことを言いながら、仲のいい女子たちが集まっていく。

元気になったみたいでよかった。

僕は鞄《かばん》を机の横にかけながら、顔の筋肉を緩ませる。

もちろん、明日は行く、ってＬＩＮＥで言ってたから、くるのはわかっていた。でも姿を見るまでは不安だった。

「ゆっきーも、おっはよぉー」

突然、声をかけられ、僕は口を半開きにした。

輪の中心から美鐘が手を振っていて、そのまわりの女子たちや、他のクラスメイトたちが、ちょっと驚いた顔つきで僕らを見ている。

今までは、部活のときは話す、クラスにいるときはあまり話さない、みたいな空気感があった。でも、美鐘はそれを壊してきた。クラスのみんながいる前で。

「お、おはよぉ……」

ぎこちなく手を上げると、美鐘は輪から出て、「まおちゃんめっちゃウケるねー」と言いながら近寄ってきた。

「わたし、笑いすぎてお腹《なか》痛くなっちゃったー」

「ああ、うん……」

どう思われてるか不安になり、まわりを見てみると、田沼《たぬま》と音澄《おとずみ》が視界に入った。

ふたりとも微笑《ほほえ》んでいる。

味方がいると思うと安心できて、僕の口元もほころんでいく。

「僕もびっくりしたよ。振り向いた真央が、あんな顔になってたから」

「まおちゃん、本気でギャルを目指してるんだねー」

「さぁ、どうだろ？　ギャルがなにか、わかってるのかも怪しいよ。美鐘に憧れてるだけだと思う」

「わたしに憧れてる？」

「うん」

「マジ？　んじゃいろいろ教えなきゃ。今度、ゆっきーの家に行っていい？」

「……え？　僕の家に？」

クラスのギャルが家にくるなんて、信じられない。本当にそうなったらすごいことだ。

「も、もちろんいいよ……」

「やったー」

美鐘は楽しそうに笑っている。

やっと息をしていたあのときとは別人のよう。人はいろいろな顔をもってるって聞くけど、美鐘もそうなのかもしれない。


放課後になると、僕は少し緊張しながら、文芸部の部室に向かった。

美鐘があぁなったことを知ってるのは、学校じゃ僕しかいない。教室では互いにそのことは口にしなかったけど、部活では間違いなく、あの話になると思う。

「やっぱり、まだきてないか」

急いできたから当然だけど、部室に美鐘の姿はなかった。

僕は空気と気分を新鮮にするため、入口のドアは開けたまま、奥の窓を開ける。

ざわざわと揺れる木々。

六月にしては冷たい空気が入ってくる。

「ゆっきー、もうきてたんだ」

声が聞こえて振り返ると、美鐘がいつもの笑顔で手を振っていた。

入口近くのソファーに座って鞄を置き、ファスナーを開けると、中から缶ジュースが二本出てくる。

「ゆっきーはどっち飲む？　シナモンコーラ？　それともオレンジクリームソーダ？」

「……えっと、くれるってこと？」

「うん、買ったばっかりだから冷えてるよー」

もしかして、この前のお礼ってことなのかな？

「それなら……シナモンコーラを」

「はーい」

美鐘の言ったとおり、ジュースはキンキンに冷えていた。指を引っかけてタブを起こすと、プシュッという音がして、シナモンの香りが広がっていく。ちなみに美鐘は爪の色がはがれないか気にしていて、タブを起こすのに苦労している。結局、財布から小銭を出し、それをテコにタブを起こした。

ひと口飲み、「ふぅー」と息をつく。

場が落ち着き、ようやくこの前の話がはじまる――かと思ったけど、美鐘はジュースを飲むだけで、なかなか話そうとしない。こっちからきりだしてあげたほうがいいと思い、僕は口を開いた。

「あのさ、この前ここで倒れたよね？　あのときの話、聞いてもいい？」

美鐘は一瞬、ためらうような表情を見せ、いつもより小さな声で話しはじめる。

「……わたし、もともと病弱でさ、運動は、あんまりできないんだ……。春芽久《はるめく》先生もそのことは知ってて、体育は全部休みでいいってことになってる。わたしの中で一番おっきいのは、喘息《ぜんそく》かな……」

「喘息……」

吸入薬を持ってたから、予想はしていた。

「すごく苦しそうだったけど、あのときのあれが、喘息の発作？」

「うん、そう。久しぶりにあったから、わたしもびっくりした。東京にいたときは、ああいうのがしょっちゅうあって、何度も死にかけたんだよね……。岩手に引っ越そうってパパが言ったのも、こっちは空気と水が奇麗だから、わたしの体にいいんじゃないかって考えたからみたい」

なんだか無性に恥ずかしくなる。僕は心のどこかで、美鐘は恵まれてるから太陽みたいに輝けるんだなんて思っていた。でも実際は、僕があたりまえにもってるものさえ、もっていなかったんだ……。

僕の反応を見て不安になったのか、美鐘が自信なさそうな顔で聞いてくる。

「……わたしの話……ゆっきーは、どう思った？」

「僕は……その……美鐘は本当に強いなって思ったよ。そんな大きな影があるのに、明る

くて、元気で、夢があって、僕だったら同じようにはできないと思う……」

「いつも明るいわけじゃないよ」

否定しながらも、ちょっと笑顔を見せてくれた。

「落ちこんでるときだってたくさんあるよ。だってそのせいで……お天気ギャルになれないかもしれないもん。でも……負けたくないって気持ちも強いかなぁ。たとえ夢が叶《かな》わなくても、運命を憎んだり、泣いてすごすのは嫌。小さな幸せをたくさん見つけて、幸せに生きたいと思う」

そうか、だから――

「ほんとうのさいわい……」

「そう、それ」

美鐘が静かに指さしてきた。

「ゆっきーと初めて話したとき、『銀河鉄道の夜』を借りたでしょ?」

「うん」

「あのときは、軽い気持ちで借りたんだよね。岩手の作家さんって聞いたから、話題づくりになるかなーくらいで。でも読んでみたら……いきなりあの世に続く電車でしょ? わたし、死にかけて不思議なものを見たことあるから、すぐ夢中になった」

「えっ？　まさか、銀河鉄道？」

「さすがにそれはないけど、十字の形のすごく奇麗な光なら見たことあるよ。あれを見たときから、わたし、いろいろ考えるようになったんだ……。人の幸せってなんなのか？どうやったら幸せになれるのか？　あの本に出てくる人たちは、みんながそれを考えてたよね？　わたしと似てるなーって思った」

美鐘はひと息つくようにジュースを飲む。

決意の色をにじませながら、こう言ってきた。

「たとえ夢が叶わなくても、わたしは、ほんとうのさいわいをたくさん見つけて幸せに生きたい。ゆっきーも手伝ってくれる？」

「もちろんだよ」

力強くこたえるも、僕は心の中で、本当にそれしかしてやれないのか、もっとなにかできないのかと、モヤモヤしたものを感じていた。

どこまでもどこまでも一緒に行こう。僕はもうあのさそりのようにほんとうにみんなのさいわいのためならば僕のからだなんか百ぺんやいてもかまわない。

けれどもほんとうのさいわいは一体何だろう？

これを言った『銀河鉄道の夜』の主人公——ジョバンニも、こんな気持ちだったんだろうか……？

第六章◆雨夜の銀河鉄道

なんだか、最近急に暑くなってきたなー。

僕はバス停の横に立ち、シャツの胸元をパタパタさせている。

盛岡は涼しい土地とはいえ、七月となればやっぱり暑い。なにを着ようかさんざん迷って薄手の長袖を選んだけど、半袖にしとけばよかった。

「パパ、ママ、あれ見てー」

「あら、可愛《かわい》いわね」

「おおー、池からきたのかー。車にひかれなきゃいいが……」

近くにいた三人家族が、歩道の脇を見つめている。

なんだろうと思って目線を下げると、カモの親子の行進だった。

お母さんガモのうしろに、四羽――いや、五羽の子ガモが、一列になってチョコチョコ歩いている。

わぁ、いいなぁ。

僕も思わず笑顔になる。

ここは、高松の池口停留所。

名前のとおり、すぐ近くに観光名所の高松の池があるから、カモの親子はそこからきたんだと思う。

ちなみに僕は、一〇分前からここで美鐘《みかね》を待っている。さっきLINEで、もうすぐ着くよ、って連絡がきたから、そんなに時間はかからないと思うけど。

緩やかな坂の上のほうに目を向けたら、近づいてくるバスが見えた。表示板には、「盛岡バスセンター行」とある。きっとあれだ。

バスがとまってドアが開くと、大学生っぽい青年、紙袋を抱えた女性、観光客っぽい二人組のあとに、美鐘が降りてきた。今日はいつもの折りたたみ自転車を持ってない。代わりに、蝶《ちょう》のイラストが入ったエコバッグを持っている。

「ゆっきー。お迎えありがと。待った？」

「ううん、そんなことないよ。あ、それ僕が持つよ」

「ありがとー」

両手を伸ばし、エコバッグを渡してきた。

「ゆっきーの家ってここから近い？」

「すぐ近くだよ。こっち」

肩を並べて歩きはじめ、エコバッグの中を覗《のぞ》こうとする。

「……これ、けっこう重いね。なにが入ってるの？」

「食材だよー。お昼つくってあげようと思って」

「ええっ？　美鐘がつくってくれるの？」

家にくるだけでもすごいのに、料理までしてくれるなんて信じられない。感動からくる反応だったけど、美鐘は違う意味に受けとったらしい。

口をとがらせ、横目で睨《にら》んできた。

「ちょっとー、ギャルだからって料理できないって思わないで。わたし、料理動画が好きでよく見てるんだからね！」

「かっ、勘違いだよ！　僕はただ、うれしかっただけで……」

「まぁ、ならいいけど」

「……なにをつくってくれるの？」

「さーなにかな？　ゆっきー当ててみて」

「ええっと……」

卵と……玉ねぎと……にんじんと……白いパックに入った肉らしきものが見える。こういうときの定番はカレーだと思う。でも、それにしては材料が少ない。いったいなんだろう……？

考えているうちに僕の家に着いてしまった。

ボロすぎず、立派すぎず、小さな庭のあるごく普通の一軒家だ。

美鐘は家の前に立つと、顔を上げ、「へぇー、ここがゆっきーのお家《うち》なんだー」としみじみ言った。

「ゆきパパとゆきママはいないんだよね？」

「ああ、うん」

僕はポケットに手を入れ、鍵を取り出す。

「父さんも母さんも今日は出かけてるよ。夜にならないと帰ってこない」

「ふーん……」

美鐘がニンマリした。

「パパもママもいないあいだに女の子を連れこむなんて、いけないんだ。いったいなにをたくらんでるの？」

「いやっ、違うから！　真央《まお》がいるから！　そもそも今日は、真央に会うためにきたんだよねっ？」

「アハハッ、冗談だよー。ゆっきー慌てすぎ」

僕は複雑な気持ちで下唇を噛《か》んだ。

美鐘はこうして、ときおり妙に距離を縮めて僕を揺さぶってくる。近づくのはうれしいけど、まんまとしてやられる自分は情けない。どうにかして、うまく返せたらいいのに。

そう思いながら鍵を回し、ドアを開けた。

「じゃあ、どうぞ」

「わーい、おっじゃましまーす！　あっ、まおちゃーん！　久しぶりー」

ん？

見ると、真央がリビングから顔だけ出し、こっちをうかがっていた。美鐘がくると聞いて準備していたのか、顔は濃厚な化粧でヤバい感じに。

真央はリビングから出ると、テテテテテッと走り寄ってきた。

美鐘を見上げて、

「まお、ギャルになった」

「アハハッ、マジでギャルだね！　すごいよ、まおちゃん！」

「まお、認められた」

「うんうん、でも、もうちょーっと工夫すると、もっとよくなるよ。わたしが、メイクを教えてあげる」

「ん」

真央は美鐘の手を握ると「さぁ、早くきたまえ——」と、急にイケメンぶった口調に変わる。

「さっそく我が領地を案内しよう。砂金のとれる川もなければ、ダイヤのとれる山もないが、それでも平和と秩序がある。きっと君も気に入るだろう」

平和と秩序？　真央の部屋に一番ないものじゃないの？　大丈夫かなぁ。

二時間後、僕はキッチンの椅子に座り、エプロン姿で包丁を使う美鐘のうしろ姿を眺めていた。美鐘のとなり——小さな踏み台の上には、チビギャル化した真央がいて、「まおもやりたーい！」とわめいている。

「オッケー。でも、切るのは危ないから、まおちゃんには卵を割ってもらおうかなー。ほら、こうやってやるんだよ。できる？」

「できるぅ」

ゴンゴン、ぐしゃ！

「……あ、できなかった……」

「あー、ベトベトになっちゃったね。手、洗おうか」

「ん」

なんだか、若奥さまと娘みたいだ。

もし美鐘と結婚したら……こんな感じになるのかな……。

頬杖《ほおづえ》をつき、甘い想像の上に、さらに甘さをトッピングしていく。

が、ふいに我に返り、とてつもなく恥ずかしくなった。

ぼっ、僕はなにを考えてるんだ！　結婚どころか、まだ付き合ってもいないっていうのに！

顔が熱くなりすぎてジューッという音がしそう――なんて思っていたら、キッチンのほうからジューッという音が聞こえてきた。

どうやら、炒《いた》める工程に入ったらしい。

美鐘は優雅にフライパンを振りながら、手ぎわよく調味料を入れていく。

へぇー料理に慣れてるんだなーと思ったのは――ここまでだった。「あれれ？」という声を皮切りに、「ヤバ！　ちょっと聞いてないんだけど！」「あわわわわ！　まおちゃんお皿とって！　早くっ」などとあきらかに慌てだした。

ちょっ！　大丈夫なのっ？

一〇分後、テーブルに置かれた三つの皿は、「成長の軌跡」と呼んでいいと思う。

美鐘の前にある皿には、鶏肉《とりにく》と卵が入ったケチャップ味のチャーハンがのっている。

僕の前にある皿には、半壊したオムライスがのっている。

真央の前にある皿には、ハートが描かれた見事なオムライスがのっている。

「ふぅー……」

美鐘がひたいの汗を拭った。

「や、やっぱり、見るのとやるのは違ったかな……。動画じゃ簡単そうだったのに」

「いや、三つで成功させたのはすごいと思う。僕じゃできないから」

「ゆっきーって料理しない人？」

「するけど、フライパンをトントンして卵でくるむのは……レベル高いよ。あれって、レストランでプロがやる技だと思う」

「うーん、参考動画のレベルが高すぎたかぁ」

「ミカ姉《ねえ》、これ、おいしいよ！」

真央はもう食べはじめていた。時計を見ると、もうすぐ一四時。きっとお腹《なか》がすいてたんだろう。

ちなみに真央は、メイクを教えてもらうときに仲良くなったらしく、美鐘のことを「ミカ姉」と呼ぶようになっている。

「話してると冷めるから、僕らも食べよっか」

僕は微妙な笑みを浮かべ、美鐘と目を見合わせる。

「うん！　いっただきまーす！」

スプーンですくって口に運び、ふたりで同時に「おいしい」と微笑《ほほえ》んだ。

見た目はちょっと残念だけど、ちゃんとオムライスの味がする。

ちなみに美鐘は成功した一個の写真を、ＳＮＳに投稿したらしい。イイネがいっぱい集まったと喜んでいる。

こんなに元気で明るいのに、病弱だなんて信じられない。どうにかして、この笑顔を守れないかな。

オムライスを食べながら、なにかできないか考えてみる。

そして、あきらめたように首を横に振った。

残念だけど、考えたところで僕には無理だ……。僕は医者じゃないから、できることはかぎられてる。ん？　ちょっと待てよ……。

ふと頭に浮かんだのは、現実的なはずなのに、突拍子もなく感じる考え。

僕が、医者になればいいのか……。

◆

七月の半ばになると、高校生の一大イベント――期末テストがはじまった。

僕はもとから成績はいいほう。中学のときは、先生からもっとレベルの高い高校を勧められたけど、頑張る目的がなかったし、この学校が気に入ってたから、受験のときはたいして努力しなかった。でも今回のテストは違う。自分が医者を目指していいのか、目指す力があるのか、ためしてみるという目的がある。具体的には、偏差値六五以上なら医者を目指す、それ未満ならあきらめる、と決めている。

……あと三分か。

今は最後のテストである数学Iが終わるところ。もう見直しもすんでるけど、ミスがないかギリギリまで確認している。

……あと二分、あと一分……。

数学の先生が時計を見た。

……三〇秒前……二〇秒前……一〇秒……五……四……三……二……一……。

先生が立ち上がる。

「そこまで。ペンを置いて解答用紙を裏返すように」

そのとたん、終わったことを喜ぶ声や、苦しいうめき声や、悔しがる声なんかで、教室が騒がしくなった。僕はというと、それなりに手ごたえを感じている。結果は来週にならないとわからないけど、たぶん、九〇点台後半だと思う。

前の人に解答用紙を渡した僕は、気になったところを教科書で確認し、ジュースを買うため自動販売機に向かった。

美鐘《みかね》にばったり会ったのは、戻ってくる途中。T字路を曲がったら、別のほうからきた美鐘と合流する形になった。

「やっほー、ゆっきー」

「あ、購買に行ってたの？」

僕の声はいつもより高い。

今日から部活が再開するのと、来週から夏休みになることが、僕の心を高揚させている。

最近はテストであんまり話せてなかったけど、今日からは話せる時間も増えると思う。

美鐘はレジ袋を持ち上げると、「うん、福田パン買ってきたよ」と言いながら、僕のとなりで歩調を合わせる。

「あんまり残ってなかったけど、ピーナッツバターは買えた。本当は、抹茶&チーズクリームが食べたいんだけどねー、さすがに売ってなかった」

「まぁ、あれは美鐘のオリジナルだからね」

そんな話からはじまって、自然とテストの話題になる。

地頭はよさそうだけど、聞いた話から推測すると、美鐘は平均よりちょっと上くらいみたいだ。「ゆっきーはどうだったの？」と聞かれ、「たぶん……九〇点台後半」とこたえたら、目をアーモンドみたいに見開いた。

「ゆっきー、めっちゃ頭いいんだね！」

「いや、偏差値を見てみないとわからないよ……」

問題が簡単すぎたっていう可能性もある。

医者は人の命をあずかるから、そう簡単になれる職業じゃない。ネットで見た情報によると、平均的な偏差値は七〇くらい。最低でも六五はないと、医学部には入れないらしい。つまり、一〇〇人中上位五位くらいに入ってなきゃいけないということ。

教室が見えたとき、「ところでさ……」と美鐘が低いトーンで言ってきた。

「次の金曜、部活行かないけど、いいよね？」

「……え？」

文芸部はてきとーな部活だけど、今まで美鐘は、平日の放課後だいたいきていた。テストは終わったのにどうしたんだろう？　もしかして、体調が悪いのかな……。

倒れたときのことを思い出し、僕は心配になる。

が、美鐘の口から出てきたのは、斜め上の言葉だった。

「ちょっと東京に行こうと思ってるんだよねー。憧れの先輩の誕生日だから」

思わず足がとまった。

……美鐘が東京に行く？

……憧れの先輩の誕生日？

まるで、頬を叩《たた》かれ、夢から覚まされたような気分。

いつの日か、そういうことが起こるかもとは思っていた。でもまさか、こんなに早くるなんて。

「あれ？　ゆっきー？」

二歩進んだところで美鐘もとまり、くるっと振り返った。

不思議そうに、僕を見つめている。

「え、えっと……その……」

なにか言わなきゃいけないのに、いい言葉が見つからない。

そもそも誕生日を祝うためだけに、わざわざ東京まで行く？　そんなに大切な人なの？　たしか憧れの先輩って、僕より先に名前を褒めた人だよね。やっぱり元彼なのかな？　いや、そうだったら「憧れ」って言葉は使わない気がする……。たぶん、美鐘の「好きな人」だ。そう言うと恥ずかしいから「憧れ」って言葉で濁してるんだと思う。

「……そ、そうなんだ……。でも……東京に行ったらさ……また、あのときみたいな発作が起こるかも……。だから……行くのはやめたほうがいいんじゃ？」

体をいたわる気持ちに嘘《うそ》なんてない。でも、行かないで欲しいからそう言ってる面も否定できない。

美鐘はうなずきながらも、こう反論する。

「たしかにね……。でも、そうならないようにマスクしとくし、万一のときは薬もあるから大丈夫だよ。先輩も、遠いから無理しなくていい、体のほうが大切、お金もかかるよ、って言ってくれてるけど……やっぱり直接会ってお祝いしたいんだよねー。新幹線なら二時間ちょっとで着くから、金曜の夕方に出発して、日曜の昼ごろに戻ってこようかなって思ってる」

「…………」

美鐘を案じて自制できるなんて、よくできた人だ。美鐘が好きになるだけある。僕にとっては、それが恐ろしい。自分なんかとうていかなわない、って思っちゃう。しかも戻ってくるのが日曜？　ま、まさか、その人の家に泊まるの？　もしそうなら……ど、どうしよう……？

かなり深刻な顔をしていたらしく、美鐘が心配そうに覗《のぞ》いてきた。

「……ゆっきー、大丈夫？　なんか顔色悪いよ？」

「あっ、ご、ごめん……大丈夫」

慌てて顔を上げた。

「金曜はお休みでいいよ……。いつもと同じで、本を読むだけだから……」

「そっか。じゃあ、また部活でねー」

美鐘はあいてるほうの手を上げ、バイバイしながら教室に入っていった。

◆

雲のあいだから抜けたのか、強い朝日に照らされて、白いレースのカーテンが、明るく輝いた。その光から逃げるため、僕は布団《ふとん》にもぐりこむ。

今日は金曜。美鐘が東京に出発する日だ。

あの話を聞いてから寝られない日が続いている。とくに今日は一睡もできていない。

ブルルル、ブルルル、ブルルル、ブルルル……。

スマホが枕元で震えだした。これは三回目のアラーム。これで起きないと、いよいよ電車に間に合わなくなる。

「ああ、起きたくない……。ずっとこうしてたい……」

手を伸ばし、スマホをとめた。

美鐘と出会ったあの瞬間から、世界が変わったような気がしていた。恋をして、夢を見つけて、それに向かって歩もうとした。でも、ひとりで舞い上がってただけなのかもしれない。美鐘には好きな人がいて、心はいつも、東京に向いてたのかもしれない。

ちなみに昨日、帰りのホームルームで、テストの偏差値と総合順位が書かれた用紙が配られた。一時はあんなに気にしてたのに、僕は中身を見てさえいない。もうすべてがどうでもいい……。こんな自分が、医者を目指しちゃいけないと思う。

「ううう……」

布団の中で丸まっていると——

「汽車に乗るのは降りるため。目的の地で降りなければ乗る意味もない」

……ん？

意味深な言葉が聞こえてきた。

僕は布団から顔だけ出してみる。

いったい、いつからいたんだろうか、ミント色のランドセルを背負った真央《まお》が、焦点のさだまらない目で輝くカーテンを見つめていた。

「……あ、母さんに起こしてこいって言われたの……？」

「ん」

「……そうなんだ」

起きないなら、せめて休みの連絡をしないと。でも、なんて言って休もう……。

はぁーと大きなため息をつく。

真央はというと、あいかわらずぼんやりした目でカーテンを見つめている。

なにを見てるのかと思い、視線を追ってみるも、やっぱりカーテンしかない。今日にかぎったことじゃないけど、やっぱりちょっと不思議な妹だ。

「……あの、真央？」

「汽車に乗るのは降りるため。目的の地で降りなければ乗る意味もない」

また言った。

汽車じゃなくて電車なんだけど。これも演劇のセリフなのかな。いや、それより、真央がずっといることのほうが問題だ。ここにいたら真央も遅刻してしまう。

「真央、僕はいいから学校に行って」

が、黙ったまま動いてくれない。僕が起きるまで、そうしてるつもりなのかもしれない。

「わ、わかった……。わかったよ……。今、起きるから……」

僕はすっかり観念して、布団を払いのけた。


教室のドアを開けたときには、もう美鐘は席にいて、となりの席の平井《ひらい》さんと談笑していた。

足元で存在感を放っているのは、旅行用の大きなボストンバッグ。

一昨日《おととい》聞いた話によると、美鐘は家に帰らず、盛岡駅に直行して新幹線に乗るらしい。

憂鬱な気持ちで席につき、鞄《かばん》の中身を机の中に移していると、「おいおいー、今日はなにかあるのかよー?」とおどけた感じで音澄《おとずみ》がやってきた。

「な、なにって?　なにもないけど……」

「とぼけるなってー」

僕の肩に寄りかかり、美鐘のほうに親指を向ける。

「合宿でもやるんだろ？　ほら、渋美《しぶみ》ちゃんがボストンバッグを持ってる。白状しろよ」

「いや、それは、そうじゃなくて……」

そうだったら、どんなによかったか。

「んん？」

様子がおかしいと気づいたらしく、音澄が真顔になった。

「……トーヤ、どうした？」

「…………………」

なにも言えずにいたら、「おい、どうかしたのか？」と田沼《たぬま》がやってきた。

音澄が振り返り、肩をすくめる。

「トーヤが変なんだよー」

「変？」

「ほら、渋美ちゃん、今日ボストンバッグ持ってるじゃん？　あれのこと聞いたら急に黙っちゃって……」

「……うむ」

田沼は腕を組み、僕を観察しはじめた。

「……たしかに変だな。よく見ると目の下にクマもある。寝てないのか？　なにかあったのか？」

「ううぅ……」

「隠してないで言ったほうがいいぞ」

「そうだ。言っちゃえってー」

たしかに、ひとりで悩んでいるのはつらい。できることなら相談したい。相談するとしたら、このふたり以外いないと思う。でも今ここで話すのは時間もないし、すぐ近くに人もいるからちょっと無理そう。

「……もうすぐホームルームだから、昼休みに話すよ……」

「よーし」

「うむ、それでいい」


昼休みの教室で、僕は約束どおり、ふたりに悩みを打ち明けた。

美鐘が東京に行くこと、憧れの先輩の誕生日を祝うこと。病気のことは隠したけど、他のことは全部ふたりに話して聞かせた。

ふたりの反応は、多少の違いはあったものの、基本的には同じ。

「それ、ぜったい好きな人じゃん！　しかも泊まり？　そいつの家に泊まるの？」

「うむ……強力なライバルなのは間違いないな。いくら誕生日とはいえ、わざわざ岩手から駆けつけるなんて尋常じゃない。それだけ渋沢《しぶさわ》の想《おも》いが強いってことだ。その男の家に泊まるのかどうかは知らんが、これをきっかけに交際がはじまるかもしれん。いや、ひょっとすると——」

顎に指をつけ、眉根を寄せる。

「元彼のようなものか？　ほとんど付き合ってる状態だったが、渋沢の引っ越しで引き離されたという可能性もあるな」

「う、うん……」

懸念《けねん》していたことと同じことを言われ、僕は肩をすぼめた。

ふたりの指摘どおり、美鐘の好きな人なんだと思う。

「僕は……どうしたらいいんだろう？」

「まぁいろいろ考えると、ここはとめるべきだろう。トーヤが温泉で聞いた話が正しいとするなら、まだふたりは付き合っていない。とはいえ、会ったらどうなるかわからん」

「俺もそう思う！」

「……そ、それは……僕もわかってるよ……。でも、どうやってとめればいいの？　とめる方法なんてある？」

「う、うむ……」

「うーん」

ふたりが同時に腕を組んだ。

「そうだ！」

音澄がパチンッと指を鳴らした。

「切符をどこかに隠しちゃえよ。それか、出発するとき邪魔して乗れないようにする」

「ええっ？」

僕は驚愕《きょうがく》した。

「……そ、それは、さすがにできないよ……。犯罪じゃないの？」

音澄もやっぱりダメだと思ったらしく、「そうだよなー」と言いながらひたいをペチペチ叩《たた》いている。

しばらく沈黙があったのち、今度は田沼が口を開いた。

「具体的な方法となると難しいな。風《ふう》が言ったような、犯罪すれすれのことしか思いつかん。そうなると、やることはひとつしかないだろう」

「……ひとつ？　なに？」

言われてもピンとこない。

田沼は腕組みをとき、僕の鼻先を指さした。

「先手必勝。おまえが先に告白するんだ。渋沢が出発する前に」

「なっ――」

告白っ？　僕が美鐘に？　しかも……今日っ？

現実感がまったくない。準備もしてないし、ありえない。

が、すぐとなりの音澄は「おおーっ」と感心したような声を発した。

「それいいじゃん！　渋美ちゃんが行く前に告白しちゃえよ！」

「ちょっ、ちょっと待って！」

盛り上がるふたりをなだめるように、僕は胸の前で手を振る。

「そんな簡単にできないよ。だ、だって……なんの準備もしてないし……もし断られたら……僕はすべてを失うことに……」

「準備ってなんだ？　物がいるわけじゃないだろ。トーヤ、ここはリスクがあってもいくべきだ。でないと、なにもしないまま失うぞ。そうなったら、あのとき告白しておけばよかったと後悔することになる」

「そうそう」

音澄も賛同する。

「失うものなんてないだろ？　勢いで言っちゃえってー」

「…………」

……認めたくないけど一理ある。それに、僕のためと思って言ってくれてるのも伝わってくる。

で、でも……今日いきなり告白？　本当に？

視線を不安定に揺らしながら、僕は弱々しくうなずいた。

「……あ、ありがとう……。放課後までに……考えてみるよ……」

◆

五限目も六限目も、僕はずっと考えていた。でも、なかなか決心できず、ホームルームも終わってしまった。

帰り支度をする音やおしゃべりの声で、教室はわいわいがやがや騒がしい。

僕は神妙な顔つきで、鞄に荷物を詰めている。

こっそり横目を向けると、美鐘は席にいて、忙しそうにスマホを操作していた。ときおり手帳になにか書きこんだりしてるところからして、たぶん、道順とか、電車の乗り換えを調べてるんだと思う。

告白するなら、今がチャンスだ。

いったいどこに呼び出そう？

窓のほうに目を向けて、いろいろな場所を想像する。

体育館の裏？　屋上？　やっぱり部室かな……。

でも、呼び出したあとのことを考えると、怖くてたまらなくなる。

「ねぇ、ゆっきー」

「ひっ！」

急に呼ばれ、飛び上がるほど驚いた。

ゆっくり横を向くと、ボストンバッグを肩にかついでいる美鐘が、不思議そうに見下ろしている。

「考えごと？　今、話して大丈夫だった？」

「だ、大丈夫だけど……えっと、僕になにか用？」

「お願いがあるんだよねー」

「……お願い？」

「うん」

笑顔でうなずき、ボストンバッグを持ち上げてみせる。

ちょっと困ったように眉尻を下げて、

「いろいろ考えて準備したら荷物いっぱいになりすぎちゃった。これじゃ重くて疲れるから、もしよかったら、いらない物、部室に置いておいてくれないかな?」

「あ、ああ……」

美鐘の言うとおり、パンパンに膨らんでいて見るからに重そう。旅行の準備をするとき、あれこれ心配して必要ないものまで入れちゃうのは、僕もよくやっちゃうけど、美鐘も同じことをしちゃったらしい。

「別にいいよ……。それくらい」

「ありがとー。んじゃ、ちょっと待ってて」

言うが早いか、ボストンバッグを下ろし、ファスナーを開けた。

中から引っ張り出したのは、前にも見た蝶《ちょう》のイラストが入ったエコバッグ。

「……タオル……こんなにいらなかったかなぁ。半分置いてこ。水筒も、飲みたいときにペットボトルを買えばいいよね」

そんなことを言いながら、荷物をエコバッグに移していく。

「……スマホの予備バッテリー、いらないか。メガネ……まぁ、たぶんかけないはず。ミヤケンの本、暇つぶしに一冊だけ持っていこうかなー」

三分の二くらいのボリュームになったところで、美鐘はふたたび荷物をかついだ。

重さをたしかめているのか、バッグをゆらゆら揺らしている。

「うんっ、これなら大丈夫。ゆっきーこれから部室行くよね？　頼んじゃって悪いけど、そっちのバッグ、部室に置いておいてくれる？　あっ、行かないならわざわざ持っていかなくていいよ。わたしが自分で持っていくから」

「いや、大丈夫だよ……。テーブルに置いておけば……いいんだよね？」

「わぁ、ありがと！　ちゃんとおみやげ買ってくるね！」

そう言うと、美鐘《みかね》は思い出したように、腕時計に目をやった。

ま、まずい……。

僕は不安な瞳を壁の時計に向ける。

一昨日《おととい》聞いた話だと、美鐘は一八時一六分発の新幹線に乗るらしい。

まだ時間はあるけど、夕ごはんを食べたり、おみやげを買ったりするだろうから、用がすめば早めに出発すると思う。

「それじゃゆっきー、わたし、行くね」

美鐘が片手を上げ、くるっと背を向けた。

「ま、待って！」

「え？」

「……あ、あの……えっとぉ……」

言うなら今だ！　今しかない！

が、告白したい自分と、するのが怖い自分が激しくせめぎ合っていて、なかなか行動に移せない。そんな僕を、美鐘は不思議そうに見つめている。

はっ、早く、なにか言わないと！

焦《あせ》りという感情がくわわったことで、さらなるカオス状態に。

結局、僕の口から出たのは「……気をつけて行ってきて」という言葉だった。

「あ、うん！　じゃあねー」

遠ざかっていく足音。

美鐘は教室から出ていってしまった。

三〇分後、僕は部室の窓際《まどぎわ》に座っていた。両腕をだらんとたらし、まるではく製にでもされたように、上を向いた体勢で固まっている。告白できなかった自分が、すごく情けない。僕の恋は……終わってしまったのかもしれない。

「雨か……」

今の心境をあらわすように、天気が崩れてきた。風音がびゅーんびゅーんと激しくなり、けたたましい雨音が聞こえてくる。

僕は窓際に手を置いて、ぼんやりした目でそれを眺める。

だんだん外が暗くなり、反射の原理でガラスにうつったのは……疲れきった冴《さ》えない顔。

これでよかったのかも……。東京からきたイケてるギャルと付き合うなんて、僕には無理な夢だった。……夢？　ああ、うん……すべては夢……白昼夢みたいなものだったんだと思う。今のこれが、僕にふさわしい現実だ。

気晴らしに読書でもしようと思い、目の前の本を開いてみる。が、中から幻想的な色合いの「しおり」が出てきて、余計に落ちこんでしまった。これは、宮沢賢治記念館でもらってきたもの。なりたい自分を書く欄は、いまだに空欄になっている。

「……もう、あきらめて帰ろう」

立ち上がり、なんとなくテーブルを見たときだった。

半分開いたエコバッグの口から、見覚えのある物が視界に飛びこみ、緊張が走った。

「あ、あれって、吸入薬じゃ？」

駆け寄って確認すると、本当に吸入薬。

いったい、どうして？

あるはずない美鐘の影を探しながら、必死に記憶を呼び起こす。

そういえば、「メガネはかけない」とか言ってた気がする。まさかとは思うけど、またメガネケースと間違えたの？

きっとそうだ。これを置いていくはずがない。

サーッと血の気がひいていく。

もし、新幹線の中で発作が起きたらどうしよう？　マスクをするとは言ってたけど、薬がなきゃ、発作が起きたとき対処できない。

僕はすぐにスマホを出すと、薬忘れてるよ！　と打ちこんだ。

送信ボタンを押そうとして、ちょっと待てよ、と時計を見る。

美鐘は一八時一六分の新幹線に乗る。今さら薬がないと知ったところで、もう取りに戻る時間はない。となると、ないと知ってて無理に乗るか、東京行きをあきらめるしかなくなる。前者はすごく危険だし、後者は美鐘が悲しむことに……。僕は、東京行きをやめて欲しいけど、だからといって、美鐘の悲しむ顔は見たくない。

手の中の吸入薬をじっと見つめる。

「……そうだ、僕が届けよう。届けて……今度こそ、僕の気持ちを伝えよう」

大きくうなずくと、薬忘れてるよ！　のうしろに、届けに行くね！　と打ちこみ送信ボタンを押した。

既読はつかない。

僕は財布とスマホをズボンのポケットに、吸入薬をシャツのポケットに入れると、鞄《かばん》の中から折りたたみ傘を引っ張り出し、部室を飛び出した。

渡り廊下を駆け抜け、三段飛ばしで階段を下り、昇降口から外に出る。

目の前にあらわれたのは、風雨の壁。

僕は傘を広げ、そこに飛びこんだ。

雨ニモマケズ
風ニモマケズ
強い感情に突き動かされ、風雨を跳ね返しながら走っていく。
これは本当に僕なんだろうか。僕にこんな力があったなんて信じられない。ずっと知らなかったけど、今までだって本気になれば、これくらいできたのかもしれない。
力強く突き進んでいくと、やがて滝咲《たきさき》駅のシルエットが見えてきた。
はぁ、はぁ、はぁ、と息をしながら、僕は時計を確認する。

たしか、あと二分で盛岡行きの電車がくるはず。それに乗れれば、新幹線がくる前に薬を渡せると思う。

◆

電車の到着は、僕がホームに着いたのとほぼ同時だった。

よろけながら乗りこんだ僕は、銀色のポールを手で握り、ぜぇーぜぇーぜぇーと肩で息をしている。

「……ま、間に合った……」

少しでも遅れたらアウトだった。危なかった。

ひたいの汗を拭い、ゆっくり顔を上げて見渡してみる。

ちょうどそういう時間だったのか、車内はガラガラで、サラリーマン風の男性ふたりと、ＯＬっぽい女性がいるだけだった。

《この電車はー、いわて銀河鉄道、ＪＲ東北線直通、北上行きです。閉まるドアにご注意ください》

ぷしゅーっという音とともにドアが閉まり、電車が動きだした。

雨の中を走ってきて、僕はもうくたくた……。それでなくとも、昨日から一睡もしてないから、体力は限界をこえてる。できれば座って休みたい。でもこのまま座ったら、シートが濡《ぬ》れちゃうかもしれない。

ぐしゃぐしゃになった傘を整えると、全身を手で触って、濡れ具合を確認する。

膝から下と、袖のあたりはびしょ濡れだけど、お尻や背中は濡れてない。これなら座ってもよさそうだ。

もう一度まわりを見てから、長椅子の端に腰を下ろした。

ふぅーと息を吐き、スマホを確認してみる。

「……既読は……ついてないか。ホームで本でも読んでるのかな……」

美鐘は本を読みはじめると、まわりが見えないくらい集中する。スマホはボストンバッグの側面にある網のところに入れてたし、駅はなにかとうるさいから、気づいてないのかもしれない。まぁでも、僕が届けられればいいだけだ。この電車に乗れたんだから、ギリギリ薬を渡せるはず。

ホッとして、背もたれに寄りかかった。

ガタンゴトン、ガタンゴトン、ガタンゴトン……。

心地のいい振動が背中から伝わってくる。疲れた頭にぼんやりと、美鐘と出会ってからのシーンが、あらわれては消えていく。だんだんと、ガタンゴトン、ガタンゴトン……という振動と、こっくり、こっくり……という頭の上下運動が合ってきた。

それに気づいた僕は、慌てて首を振る。

危ない。寝たらダメだ。

この電車は北上まで行く。もし寝過ごして降りられなかったら、引き返してくる時間はない。

「そういえば――」

ふと、今朝のことを思い出した。

降りるために乗るとか、真央《まお》が言ってたな。まぁ単なる偶然だろうけど、あの言葉は正しいと思う。降りられなきゃ、乗れても意味はないんだ。

それから、どれくらいたったろうか。いくつかの駅をすぎ、そろそろ盛岡駅だなぁ、と思った僕は、太ももにひじをつけ足元を見つめた。

視界に入ったのは、小さな水たまり。

たぶん、靴から染《し》み出た水と、傘からしたたる水滴によってできたものだと思う。表面に浮いてる白っぽい膜は、油だろうか？　なんともいえない幾何学《きかがく》模様が、電車の振動で少しずつ形を変えている。

ではみなさんは、そういうふうに川だと云《い》われたり、乳の流れたあとだと云われたりしていたこのぼんやりと白いものがほんとうは何かご承知ですか。

なんとなく、宮沢賢治の代表作、『銀河鉄道の夜』の最初の一文を思い出した。

ああ、夜空だ。あの模様、天の川銀河によく似ている。

そう思ったとき――

ゴドンッ！

突然、電車が跳ねてびっくりした。

「な、なに？」

脱線事故……じゃない。横転したわけでもないし、とまったわけでもない。電車はちゃんと動いている。でも、ちょっと待って。こ、この感覚って……。

妙に体が重い。耳がキーンとしてくる。まるで、エレベーターに乗って上昇しているかのよう。

まさか！

急いで振り返り、背後の窓に両手をつける。

そして、あんぐり口を開けた。

「飛んでる……」

瞳にうつったのは、雨に濡れた盛岡の夜景。

すごく幻想的で奇麗だけど、喜ぶ余裕なんてない。

こ、これ、どう考えても電車から見える景色じゃないよね？　高層ビルか、山の上か、飛行機か。しかも、どんどん高くなってる。いったいなにが起きてるの？　常識で考えて電車が飛ぶなんてありえない。そんなことが起こるとしたら、童話か、ファンタジーか、ＳＦの中くらいしか……。

混乱しているうちに、電車は雲に入ったらしい。大きなヒョウが窓を叩《たた》いたり、近くで雷がきらめいたりする。しばらくそれが続いたのち、急に静かになって目の前が開けた。

「すごい」

今僕が見ているのは、この世の光景だろうか。

上には満天の星、下には雲の絨毯《じゅうたん》、そのすべてを凛《りん》とした静寂が包んでいる。まさにここは……星空の世界。僕を乗せた電車はわずかにかたむき、雲のしぶきを上げながら、すべるように弧を描く。

これ、現実のことなの？　この電車はいったいどこに向かってるの？

わからない……。わからないことだらけだ……。

ふいに強い光を感じ、僕はたまらず目を細めた。

◆

気づくと、僕は電車のシートにちゃんと腰かけ、ごとごとごとごと揺られていた。向かいの窓から見えるのは、果てしない星の海と、ときおり通る不思議な標識。乗客は僕の他にも何人かいるけど、滝咲駅で見た人はいない。眠っている人、手紙を書いている人、窓の外を眺めている人、どの人も異様なくらい静かで、独特の空気を漂わせている。

僕はしばらくボーッとしてたけど、だんだん意識がハッキリしてきて、今までのことを思い出した。

「……そうだ、僕は美鐘《みかね》に薬を渡そうとして、そうしたら電車が飛んで……。あれからどれだけたった？　今、何時だろう？」

腕時計を見た僕は、思わず息をのんだ。

時計の針は、一八時二八分になろうとしている。

いつのまにこんなに時間がたったのか、この時計が正しいなら、新幹線はとっくに発車している。

頭を抱え、うなだれた。

あんなに頑張って走ったのに、無駄になってしまった。せめて美鐘がＬＩＮＥに気づいて新幹線に乗ってなければいいけど。

スマホを取り出し、既読がついたか確認してみる。

既読はついてない。でも落胆するのは早そうだ。スマホは圏外になっていて、実際どうなのかわからない。ひとまず僕は、美鐘がＬＩＮＥに気づき、新幹線に乗らなかったか、なんらかの方法で代わりの薬を手に入れたと思うことにした。そうじゃないと、美鐘に万一のことが起きないか心配で、いても立ってもいられなくなってしまう。

スマホをしまうと、ゆっくり顔を上げ、車内を見渡す。

それにしても……ここは宮沢賢治の世界とよく似ている。もし本当にそうだとしたら、僕はあの世に行くの？　まさか、あのとき電車が事故を起こして？

恐る恐る立ち上がり、体のあちこちを確認した僕は「……いや」と首を振った。

どうもそういう感じはしない。じゃあ、間違って乗ったんだろうか。それなら説明すれば戻してくれるかもしれない。

車掌がいるのは、普通、先頭車両だよね……。

進行方向につま先を向け、小刻みに揺れる通路を歩いていく。

連結部にある二重ドアのひとつを開け、すぐ奥のもうひとつも開けると、見覚えのあるシルエットが視界に飛びこんできた。

「え？　美鐘？」

中央にあるドア付近。ぶら下がるように両手でつり革をつかみ、窓の外を眺めている少女は美鐘に見える。こんなところにいるはずない。他人の空似だろうと思ったけど、少女はこっちを見るなり目を丸くして、「ゆっきーもいたのっ？　わぁ！」と声をあげた。

間違いない。美鐘だ。

会いたい人に会えたんだから、もっと喜んでもいいかもしれない。でも、僕の心はざわついている。

美鐘は軽い足取りで近づいてくると、興奮した口調でこう言ってきた。

「いつからいたのっ？　エメラルド色の原っぱは見た？　ケンタウルスの神殿は？　おっきな孔雀《くじゃく》もすごかったよねー？」

「えっと……僕、なにも見てないよ……。いつからこれに乗ってたのかも、よくわかってない」

「なんだぁー、もったいなーい」

大げさに肩を落とした。

奇妙なほど、いつもどおりの美鐘。この状況を楽しんでいるように見える。

でも僕は、同じテンションにはなれない。

銀河鉄道は死者をあの世におくるためのもの。今、乗っているのが銀河鉄道だとしたら、

美鐘は……どうしてここにいる？　考えたくないけど、とても嫌なことが浮かんでしまう。

「あ、あの、体は大丈夫？　痛いとか苦しいとかない？」

「え？　なんで？」

キョトンとした顔で聞き返してきた。

「いや、それはその……えっとぉ……」

「わたしは元気だよー」

右目に倒したVサインを合わせ、ニヒッと笑う。

あいてる手で僕を指さし、

「ゆっきーこそ大丈夫？　なんだか顔色が悪いけど」

杞憂《きゆう》だったのかな。

目の前の美鐘はすごく生き生きしていて、とてもじゃないけど、あの世に行く人には見えない。まぁ、銀河鉄道はファンタジーだし、この鉄道があの世に行くわけないか。

そう考えたら、少し気分が明るくなった。

「そんなにすごかったの……？　えっと、エメラルド色の原っぱだっけ？」

「うん！　すっごかったよ！」

胸の前で手を合わせ、目を輝かせる。

「わたし、ゆっきーにも見せたいって思ったんだよね！　そうしたら、本当にゆっきーがきたからびっくりしてる！　想《おも》いが通じたのかな？」

「え、えっと……それは、どうかなぁ」

そんなふうに考えてくれたなんて、すごくうれしい。

僕は顔を火照《ほて》らせた。

「ね、あれ見て」

美鐘が右側を指さしている。

僕は同じほうを向き、「へぇー」と言いながら、窓の前まで歩いていく。美鐘がシートに両膝をつき、窓枠に手をのせたから、僕もとなりで同じようにした。

窓の外を流れているのは、赤やら、青やら、黄色やら、色とりどりの花びらたち。

虚空《こくう》のはずなのに風があるのか、ときおり、つむじ風に巻かれたように、くるくる回っているものもある。

「宇宙に花びらって、すごく奇麗だね」

僕が言うと、美鐘はうっとりした表情でうなずいた。

「きっと、近くにお花畑があるんだよ。ほら、色だけじゃなくて形もいろいろある」

「本当だ。いろいろあるね」

美鐘の言ったとおり、花びらは花畑からきていたらしい。だんだんと花の密度が濃くなっていき、やがて、世にも美しい花の大地があらわれた。

ガタンゴトン、ガタンゴトン、ガタンゴトン……。

僕と美鐘は、無言で花畑を見つめている。

おだやかな時間が通過するたび、心についた欲や邪念が洗い流され、子供のような純真な心に近づいていく感覚がある。不思議だけど、すごく心地いい。もし、みんながこれを経験し、世界中から欲や邪念が消えたとしたら、世界は平和になるかもしれない。

そう思ったとき、ふと大切なことを忘れていることに気づいた。

そうだ、美鐘に薬を渡さないと。

不思議なことが次々起こり、本来の目的を忘れてしまっていた。

薬を取ろうと、シャツのポケットに手を入れたとき、トンネルに入ったらしく、急に外が暗くなった。

スピーカーからこんなアナウンスが聞こえてくる。

《この列車はー、銀河鉄道、彼方《かなた》行きです。まもなくー……南十字星《サザンクロス》ー……南十字星にとまります》

南十字星だって？

僕がゴクリとのどを鳴らしたのは、宮沢賢治の描いた『銀河鉄道の夜』で、南十字星が特別な駅だったからだ。あれはただのフィクションのはずだけど、もし、この世界でも同じだとしたら……。

トンネルを抜けたのか、あたりがパッと明るくなった。

「ゆっきー見て！　すごいよ！」

あれは！

壮大な光景を目にし、僕は思わず口を開けた。

ひとことで表現するなら、光り輝く巨大な十字架。

いったい何十メートル……いや、何百メートルあるんだろう？　たぶん、地上のどんな構造物よりも大きい。それが、花の舞う美しい丘にそびえ、列をなす無数の人々に、祝福の光を降らせている。

僕は、口を開けて眺めることしかできない。

なにしろ、そのたたずまいの立派さといったら、この世にある賞賛の言葉、すべて使いきってもまだ足りないほどなんだから。

「わぁー、奇麗だねー」

「う、うん……」

「わたし、前にも同じものを見た気がする……。ねぇ、ゆっきー、あれこそほんとうのさいわいなんだと思わない？」

「いや、それは――」

違うと言いたい。でも、あんなにも清らかで美しいものがどうして違うのか、僕にはわからない。わかっているのは、一度あそこに行ってしまったら、二度と戻れないということだけだ。

そうこうしているあいだに、電車は徐々に減速していき、やがて、歩くくらいの速さになった。どこからか、こんな歌が聞こえてくる。

あなたは聖なる福音を聞くでしょう
罪は許され　心は花に　体は光となるのです
ハレルヤ　ハレルヤ

「ハレルヤ……ハレルヤ……」

美鐘《みかね》はそうつぶやくと、音もなく、すーっと立ち上がった。

「ごめん、わたし、ここで降りる」

突然、走りだした。

「なっ？」

僕の動きが遅れてしまったのは、一瞬、頭が真っ白になったから。

「ちょ、ちょっと待ってよ！」

慌てて席を立ち、美鐘の背中を追いかけていく。

なぜ、降りるのかはわからない。でも、今はとにかくとめないと、取り返しのつかないことになる。

電車が停車しドアが開くと、爽やかな花の香りが入ってきて、美鐘のうしろ髪がふわりと上がった。

この駅にホームはない。電車から地面までは一メートル以上の落差がある。

美鐘は片足を出し、今まさに飛び出すところ。

僕は必死に手を伸ばす。

「行っちゃダメだーっ」

が、ギリギリのところで空を切ってしまった。

僕は長身ってわけじゃないし、腕だって長いほうじゃない。とくに気にしてなかったけど、今はすごく残念に思う。あと五センチ、いや、あと一センチ、僕の腕が長ければ……。

美鐘の足が地面につくと、まるで波紋のように光の輪が広がっていき、花や草がわずかに揺れた。その直後、美鐘の体がほのかに輝き、高貴な光に包まれていく。

それを電車から見ていた僕は「ひっ」と小さな悲鳴をあげた。

やっぱりここは天上なんだ……。僕の足のすぐ先は、生と死の境界になってる。この電車から降りたら、僕もどうなるかわからない。

「美鐘、すぐに戻って！　きっと今なら間に合うよ！」

「ゆっきー……」

美鐘がこたえ、ゆっくりと振り返った。

瞳は金色、目尻のあたりから涙がしたたっている。その、美しくも悲しい表情は、一生忘れられないと思う。

「歌を聞いたとき、わたし、わかっちゃったんだよね……。ここが、わたしの降りる駅だって。わたしは、ここにくるために乗ってた。ここでお別れになるけど悲しまないで。きっとこれは運命なの。ゆっきーもそう思うでしょ?」

「そ、そんな……」

ここでお別れなんて絶対に嫌だ。ふたりで行きたいところがたくさんあるし、やりたいことだってたくさんある。まだ伝えられてないことだって、たくさんあるんだ。これが運命? 僕はそう思わないし、思ったとしても認めない。

輝く花弁を舞い上げながら、美鐘はゆっくり遠ざかっていく。

このままじゃ美鐘を失ってしまう。

それは嫌だ、失いたくない、という気持ちが怒濤《どとう》のように押し寄せてきて、あらゆる恐怖をのみこんでいく。

すると不思議なことに、やるべきことがわかってきた。

もう迷わない。心にあるもの全部伝えて、やれることは全部やる。

大きく息を吸いこみ、熱い想いを言葉にこめる。

「僕は美鐘が好きだっ！　だから僕は、必ず美鐘を連れ戻す！　たとえそれが、運命に逆らうことだとしても！」

次の瞬間、思いっきりジャンプした。

自由落下特有の胃が持ち上がる感覚。もうすぐ足がつくと思っていたら——

ドンッとひたいに衝撃が走り、びっくりした。

な、なんだろう？　なにが起こった？

頰にあたっているこの感触は……花畑のものじゃない。ツルツルしていて、ひんやりしていて、ちょっと濡《ぬ》れてる。

ゆっくり目を開け横を向くと、倒れている折りたたみ傘が見えた。

この角度……どうやら僕も倒れているらしい。

身を起こし、正座の姿勢でポリポリポリと頭を掻《か》く。

「あれ？　僕、寝てたのかな？」

ポーッとした目で見渡すと、そこは見覚えのある電車の車内。

ということは……空飛ぶ電車も、花畑も、巨大な十字架も……全部……夢？　えっと、今は……どういう状況？

ふと見ると、ドアが開いていた。

その向こうには、スマホをいじっている人、忙しそうにホームを歩く人、怪訝《けげん》な顔でこっちを見ている人なんかがいて、ちょっと上を向くと「盛岡駅」と書かれたプレートが目にとまった。

ん？　盛岡駅？

その直後、《――閉まるドアにご注意ください》というアナウンスが耳に届き、僕はハッとした。

降りなきゃダメだ！　ここで降りなきゃ美鐘に薬を渡せなくなる！

ドアが閉まる寸前、両足に力をこめ、転がるように外に出た。

ホームで息を吐き、振り返って走りはじめた電車を見る。

危なかった……。もしあそこで起きなかったら、きっと僕は、まだ乗っていた……。

◆

美鐘を見つけたのは、入場券で新幹線ホームの改札を通った直後のこと。

待合室の中、足を組み、真剣な顔つきで本を読んでいた。

僕が感じたのは、異様なほどの懐《なつ》かしさ。ほんの数時間会ってないだけなのに、すごく久しぶりな気がする。

走り寄って正面のガラスを叩《たた》くと、美鐘が顔を上げ、びっくりしたように口を開けた。ボストンバッグを肩にかけ、外に出てくる。

「ゆっきー？　ど、どうしたの？　なんでここにいるの？」

「薬を忘れてたから、届けにきたんだよ」

「薬？」

僕が吸入薬を見せると、美鐘は口に手をあて「あっ」と叫んだ。

「ちゃんと入れたはずなのに……どうして？」

「たぶん、メガネケースと間違えたんだと思う。エコバッグの中に入ってたよ」

「あー……」

やっちゃったという感じで斜め上を向いた。

聞くと、美鐘は読書に夢中になりすぎて、ＬＩＮＥのメッセージに気づいてなかったらしい。夕ごはんを食べたとき、スマホを一度チェックしたけど、ここにきてからは、ずっとバッグに入れっぱなしだったんだとか。

薬を渡そうと近づき、あれ？　と思った。

「もしかして雨に降られたの？　ちょっと濡れてるね」

「そうなんだよー。滝咲駅《たきさき》まで行くとき、急に降ってきたからさー。でも、ゆっきーのほうが濡れてるね。わたしのために雨の中を走ってきたの？」

「まぁ、うん……」

「わぁー」

美鐘がうれしそうに両手を合わせた。

告白するなら、今がいいかもしれない。ふたりだけで邪魔が入らないし、今なら、僕の評価も高そうだ。なにより、ここでしないと「憧れの先輩」とやらに取られてしまうリスクがある。やるなら今だ。

姿勢を正し、正面から美鐘を見つめる。

ドキドキと心音がうるさい。

僕はシャツの上から胸を押し、心臓をなだめようとする。

大丈夫……心配ない。あの不思議な夢の中で、僕は一度告白したんだ……。一度できたことなんだから、二度目だってできるはず……。

が、口を開く寸前、「ゆっきーのこと先輩に言っておくね！　今度三人で遊ぼー」と言われ、出鼻をくじかれた形になった。早く告白の流れに戻したいけど、言われたことを無視するわけにはいかない。

「い、いや、それはやめておくよ……。僕がいたら、邪魔になるから……」

「なるわけないよー」

美鐘はケラケラと笑っている。

「まぁ、女ふたりに挟まれて、ゆっきーはいづらいかもしれないけど」

は？　ちょっと待って……。今、女ふたりって言った……？

ある考えが頭に浮かび、僕は唇を震わせる。

「ま、まさか……これから会いに行く先輩って……女の人なの？」

「へ？　そうだけど？」

「……ぼ、僕……てっきり男の人だと……」

「…………」

「…………」

短い沈黙のあと、美鐘がぷっと吹き出した。

「ゆっきー、わたしが男に会いに行くと思ってたの？　え？　なになに？　あっ、だから
あんなに深刻な顔してたの？　アハハハッ、ウケるー」

「いっ、いや！　だって、憧れの先輩って……」

「わたしが会うのは、藤平鮎里《ふじひらあゆり》先輩だよ。わたしがギャルになるきっかけをくれた人なんだ」

「……藤平……鮎里先輩……？」

そうだったんだ……。僕はずっと勘違いしていた……。

拍子抜けした顔つきで、ひたいに手をあてた。

そんな僕を、美鐘《みかね》はニヤニヤしながら見つめている。

「――ってことだからさ。ゆっきー、安心して」

「そ、そんなこと――」

《お客さまに乗り場のご案内をいたします。一八時一六分発、はやぶさ40号、乗り場は11番線です。仙台、大宮、上野、東京の順に停車いたします。この列車は一〇両編成。グリーン車は――》

「あっ」

美鐘が目線を上げた。

「わたしが乗るやつだ。じゃあ、ゆっきー、薬ありがと。また部室でねー」

笑顔で手を振ると、くるっと背を向け、階段のほうに歩いていく。

僕はまるで魂が抜けたかのよう。「まさか女の人だったなんて……」と小声で何度もつぶやきながら、ずっと手を振っていた。

エピローグ◆ギャルにも負ケズ

風がやむのを待ってから、僕は髪から手を離し、ゆっくりまぶたを開けていく。

瞳に入ってきたのは、雄大な岩手山と、それを湖面にうつす高松の池――さっきの風で落ちたのか、何枚かの緑色の葉が、小さな波に揺られている。そんな美しい景色の中、美鐘は手鏡を覗《のぞ》き、乱れた髪を整えている。

「あ、ごめんごめん」

美鐘は手鏡をたたみ、僕のほうを向いた。

「わたし、どこまで話したっけ?」

「えーっと……」

こめかみに指先をあて、さっきまでのことを思い出す。

僕は高松の池のベンチに寝そべり、なりたい自分の姿を「しおり」に綴《つづ》っていた。するとそこに美鐘があらわれ、報告があると言ってきた。いったいどんな報告なのか、その内容は風の音で聞こえなかった。

「僕が聞いたのは、報告があるってとこまでだよ」

「あ、そうなんだ。んじゃ、もう一回言うね」

「うん」

僕はまた緊張する。

報告っていったいなんだろう？　東京でなにかあったのかな。僕にとっていいこと？　それとも悪いこと？　考えても、よくわからない。

美鐘はためらうように視線をスライドさせ、神妙な口調でこう言ってきた。

「滝咲駅に行く途中、雨でちょっと濡れちゃったからかな、新幹線の中で、またアレが起こっちゃって……。でも、薬があったから大丈夫だったよ」

「アレってまさか、発作のこと？」

「……うん」

美鐘は静かにうなずいた。

「新幹線に乗って一〇分くらいしたとき、急に咳《せき》がとまらなくなっちゃった。ゆっきーが薬を持ってきてくれてなかったら、ここにいなかったと思う」

「……………」

僕が引っかかったのは、起こった時間だ。

発車してから一〇分くらいってことは、一八時二六分くらいに発作が起こったってことになる。もし、それが正しいとすると、夢の中で美鐘と会った時刻と、だいたい同じということに……。

もし、薬を届けようとしなかったら?

もし、列車からジャンプしなかったら?

美鐘は今、天上にいたんだろうか。

まさかとは思うも、そうだったかもしれない気もして、ぶるるっと体が震えた。

美鐘は耳のあたりの髪をかき上げながら、熱っぽい瞳で見つめてくる。

「ゆっきーは命の恩人だね。しかも二回だよ。一回目は部活のときで、二回目は今回……」

「い、いや、今回は結果的にそうなっただけだから……。でも……いつか本当にそうなりたいって思ってるよ」

「へ?」

目をぱちくりさせた。

「……それ、どういう意味?」

「えーっと——」

そういえば……なりたい自分を考えたら教えるって約束していた。誰かに話すのは初めてだから、ちょっと恥ずかしいけど、この流れで言ってしまおう。

背筋を伸ばし、かしこまった感じでコホンッと咳払《せきばら》いする。

「僕も、報告があります」

「報告？　ゆっきーが？　なになにっ？」

「僕は医学部を目指そうと思う。だから、次の文理選択で理系にするよ」

ちなみにテストの総合偏差値は六七だった。十分ってわけじゃないけど、ギリギリ目指していいレベルだと思う。本当になれるかは、これからの頑張り次第だ。

「えーっ！」

美鐘の反応は想像以上。大きく見開いた目に、驚きと興味の色を浮かべている。

「お医者さんになるのっ？　すごっ、マジ？」

「大マジだよ。まぁなれるかどうかはわからないけど、頑張ってみるつもり。もし医者になれたら、美鐘の病気は僕が治したいと思ってる」

「おおーっ」

胸の前で指を組み、目を輝かせた。

が、すぐに眉根を寄せると、顎に指をあて、「んん？」と視線を斜めに上げた。

恥ずかしそうに頬を赤らめ、自分の体を守るように両腕を巻きつける。

「ゆっきーが主治医になったら、わたし……ゆっきーの前で脱ぐことになるよ……。まさか……それが目的？」

「なあっ？」

僕はカーッと赤くなる。

「そんなこと一ミリも考えてない！　僕をなんだと思ってるのっ？」

「アハハハ」

楽しそうに笑っている。

やっぱり僕は甘すぎたと思う。すごく真剣に考えたのに、こんなふうに茶化されるなんて。ここはビシッと言ってやらないと。

が、口を開こうとした瞬間、美鐘は両手を広げ、池のほうに走りだした。青みがかった髪が風になびき、光を弾いて輝くさまは、さながら天の川のよう。

池のほとりでこっちを向くと、岩手の自然をバックに、うしろで手を組んだ。

「冗談だよ。ゆっきーがそんなこと考えるわけないよね。ありがとう、わたし、とーってもうれしいよ。これもほんとうのさいわいだと思う」

「…………」

うれしいような、悔しいような、謎の敗北感。

美鐘のこういうところがやりづらい。でも、そんな美鐘が、僕は好きで好きでたまらない。あの笑顔を守るためなら、なんでもするし、なんでもできる。

そう思ったとき、空で風がどうと吹き、葉はかさかさ、草はざわざわ、木はごとんごとん鳴りはじめた。

「あっ」

僕が叫んで手を伸ばしたのは、横にあった本がバサバサバサーッとめくれ、例の「しおり」が飛んでいったから。

ギャルにも負けず
友にも負けず
親にもあの妹にも負けぬ
大切な笑顔を守るため
迷わず
決して動じず
いつも静かに勉強している

そういうものに
僕はなりたい

青空にのぼる夢を見上げて、僕はフッと口角を上げた。

岩手出身の童話作家、宮沢賢治の世界では、風は不思議な物語の入口を意味する。『注文の多い料理店』しかり、『どんぐりと山猫』しかり、『風の又三郎《またさぶろう》』しかり。

ひょっとすると、ここもまた、新たな物語の入口なのかもしれない。

あとがき

《まもなく盛岡です。お降りのお客さまは、お忘れ物のないようお支度ください。盛岡の次は――》

私が初めて岩手を訪れたのは、高校三年の冬でした。最初は関東の大学を目指していましたが、「おまえは岩手大のほうがいいんじゃないのか?」と、担任の先生に勧められ、岩手大学を受けにきたのです。心の中は不安でいっぱい。受かるかどうかはもちろん、実家から五〇〇キロも離れた北国で、自分が生きていけるのか、心配しながら新幹線の窓に目を向けました。このとき見た岩手山を、私は今でも覚えています。その穏やかなたたずまいは自分を歓迎しているように見え、運命的なものを感じました。本作に出てくるヒロインの美鐘《みかね》も、きっと同じような体験をしたことでしょう。

無事に合格した私は、岩手でひとり暮らしをはじめました。方言に戸惑ったり、凍った道路で転んだり、水道管の凍結に怯《おび》えたり、買い物の帰りに吹雪に襲われ、これ、やばくねっ? と焦《あせ》ったりしましたが、協力しないと暮らしていけない厳しい環境がそうさせたのか、素朴で親切な人が多く、所属していた音楽サークルを中心に気を許せる仲間がたくさんできました。仲間と楽器を演奏したり、中津川を散策したり、高松の池のベンチに寝ころび、ゆっくり読書をする日々。宮沢賢治に興味をもったのは、この時期です。岩手大学は賢治の出身校なので、モニュメントがありましたし、盛岡の街には賢治の足跡をいろいろなところで見つけることができました。そんなある日、サークルの後輩たちを楽しませようと、私は初めて物語を書きました。『ノコギリウサギと黒ネコ』という短い童話で、賢治の代表作『どんぐりと山猫』に似せたものでした。今考えると、この童話こそ、小説家への第一歩であり、本作の原点だったのだと思います。

岩手は、私にとって特別な場所です。行くときは不安で泣きそうでしたが、離れるときはすごく悲しく、何度も何度も振り返りました。今回、岩手を舞台にしたライトノベルを書く機会をいただき、とてもうれしく思っています。

ここからは謝辞になります。

担当編集様。本作は私の二作目ということで、企画から完成までの一年以上にわたるご指導、ありがとうございました。私の中で一番印象に残っているのは、この企画に決めたときのことです。すでに一〇個以上の企画がボツになっていましたし、これは変わり種じゃないかと思っていたので、正直なところ、私はこの企画を本命視していませんでした。ですが、私がポロッとこぼした「岩手愛がある」という言葉に着目し、この企画を推してくださいました。誰かと小説を企画し、いっしょに完成させるというのは初めてで、想像以上に困難なものでしたが、大変勉強になりました。

イラストレーターのmagakoさんからは本当に素晴らしい絵をいただきました。今回私が提示したヒロインの条件は、かなり難しかったのではないかと思っています。明るく元気なギャルといえば、金髪など、明るい髪色のイメージですし、天の川みたいな黒系の髪で明るく元気なギャルというのは、既存キャラでは少ない気がします。自分が出した条件は難しすぎないか？　こんな条件で描いてもらえるのか？　と不安でしたが、最初に出てきた絵がイメージぴったりで、とても感動しました。背景も美しく、私の物語に素晴らしい絵をくわえていただけたと喜んでいます。

本作を執筆するにあたり、私は久しぶりに岩手を訪れました。すべてが懐《なつ》かしく、道を歩くと、楽しかった当時のことをありありと思い出しました。かけがえのない思い出をくれた当時の仲間たちにも感謝したいと思います。また、個人的ではありますが、久しぶりの岩手に同行してくれた、とても大切な人にもお礼を。

最後に、この本を手に取ってくださった大切な読者様。

数ある作品の中から本作を選んでくださり、まことにありがとうございました。岩手は本当にいいところです。本作を読んで少しでも興味をもっていただき、行ってみたいな、旅行してみようかな、と思っていただけたらうれしいです。また、私自身や、私の次回作にも興味をもっていただけたら幸いです。私は今までSNSを避けてきましたが、情報を発信したり、感想をいただいたりする手段として、Xのアカウントをつくりました。よろしければ一度のぞいてみてください。
それでは、またどこかで会いましょう。

早月《はやつき》やたか

お便りはこちらまで

〒一〇二－八一七七
ファンタジア文庫編集部気付
早月やたか（様）宛
magako（様）宛

富士見ファンタジア文庫

ギャルにも負《ま》ケズ

令和６年９月20日　初版発行

著者――早月《はやつき》やたか

発行者――山下直久

発　行――株式会社KADOKAWA
〒102-8177
東京都千代田区富士見2-13-3
0570-002-301（ナビダイヤル）

印刷所――株式会社暁印刷

製本所――本間製本株式会社

ISBN978-4-04-075578-6 C0193　◇◇◇

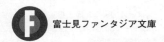

「す、好きです!」「えっ? ススキです!?」。
陰キャ気味な高校生・加島龍斗は、
スクールカースト最上位&憧れの白河月愛に
罰ゲームきっかけで告白することになった。
予想外の「え、だって今わたしフリーだし」という理由で
付き合うことになった二人だが、
龍斗はイケメンサッカー部員に告白される
月愛の後をつけて盗み聞きしてみたり、
月愛は付き合ったばかりの龍斗を
当たり前のように自室に連れ込んでみたり。
付き合う友達も遊びも、何もかも違う2人だが、
日々そのギャップに驚き、受け入れ合い、
そして心を通わせ始める。
読むときっとステキな気分になれるラブストーリー、
大好評でシリーズ展開中!

ありふれた毎日も
全てが愛おしい。

済みなキミと、
ゼロなオレが、
き合いする話。

ファンタジア文庫
何気ない一言も
キミが一緒だと
経験
経験
お付
著／長岡マキ子
イラスト／magako

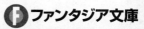

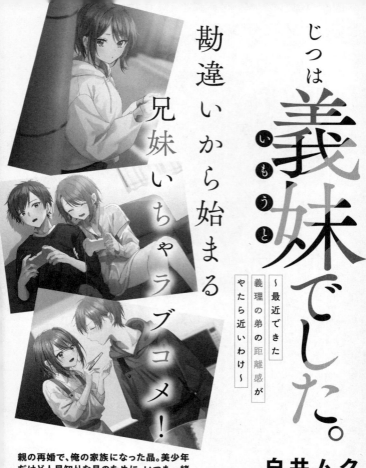

僕、兄貴のことすっごく好きだよ！
シリーズ
重版続々
大ヒット
発売中!!

切り拓け！キミだけの王道
ファンタジア大賞
原稿募集中！
賞金
《大賞》300万円
《金賞》50万円
《銀賞》30万円
選考委員
細音啓 「キミと僕の最後の戦場、あるいは世界が始まる聖戦」
橘公司 「デート・ア・ライブ」
羊太郎 「ロクでなし魔術講師と禁忌教典《アカシックレコード》」
ファンタジア文庫編集長
前期締切 8月末日
後期締切 2月末日
公式サイトはこちら！ https://www.fantasiataisho.com/
イラスト／つなこ、猫鍋蒼、三嶋くろね